KB078530

조선의 봄

매검향 장편소설

FUSION FANTASTIC STORY

조선의 봄 4
매검향 장편소설

초판 1쇄 찍은 날 § 2017년 4월 10일
초판 1쇄 펴낸 날 § 2017년 4월 17일

지은이 § 매검향
펴낸이 § 서경석

편집책임 § 김슬기

펴낸곳 § 도서출판 청어람
등록번호 § 제387-1999-000006호
등록일자 § 1999. 5. 31
어람번호 § 제1-2673호

주소 § 경기도 부천시 부일로 483번길 40 서경B/D 3F (우) 14640
전화 § 032-656-4452 팩스 § 032-656-4453
http://www.chungeoram.com
E-mail § chungeorambook@daum.net

ⓒ 매검향, 2017

ISBN 979-11-04-91267-2 04810
ISBN 979-11-04-91219-1 (세트)

조선의 봄

4

매검향 장편소설

FUSION FANTASTIC STORY

청어람

朝野春

조선의 봄

목차

C O N T E N T S

제1장
통상사절단(通商使節團)

병호가 급히 집으로 돌아와 우선 본부인인 순영을 찾으니 그녀 역시 병호를 기다리고 있었다. 이에 병호는 그녀에게 일찍 자라고 하고 바로 그 집을 나와 옆집으로 향했다.

그러니까 자신이 지금 나온 집은 정충세가 제공한 집이고, 지금 향하고 있는 곳은 김유근이 자신에게 준 집이었다. 따라서 두 사람은 예전부터 나누어 살고 있었던 것이다.

아무튼 병호가 안채로 향하니 예상대로 안채에 불빛이 환했다. 병호가 헛기침을 하기도 전에 병호의 발걸음 소리를 들었는지, 안방 문과 윗방 문이 동시에 열리며 지홍과 하녀가 튀어나왔다. 하녀는 전부터 이 집에 있던 열여섯 살의 삼순이라는 처녀였다.

"아이고, 서방님! 천첩, 서방님 기다리다 목이 한 자는 빠져나왔사옵니다."

"긴 목이 더 길어지면 안 되는데?"

"그렇죠? 어서 안으로 드시와요, 서방님!"

곰보다 여우가 낫다고 지홍의 애교에 병호가 미소 지으며 안방으로 들어가다 하녀 삼순을 보고 말했다.

"아직 저녁도 못 먹었다. 주안상과 함께 밥도 좀 다오."

"네, 나리!"

삼순이 급히 부엌으로 향하는 것을 보며 병호는 안방으로 들어가 아랫목에 자리를 잡고 말했다.

"불편할 텐데, 우선 족두리부터 벗고 이야기합시다."

"아니래도 목 부러지는 줄 알았사옵니다. 서방~ 님!"

그녀의 과장된 말과 콧소리에 병호는 목구멍까지 올라온 '그 무게에 무슨?'이라는 말을 급히 삼키고 맞장구를 쳤다.

"천하절색 양지홍이 그러면 안 되지."

"그렇죠? 서방~ 님!"

말과 함께 껴안아오는 지홍을 떨어뜨리며 병호가 말했다.

"그런데 좀 떨어져야 벗기든 말든 할 것 아니오?"

"누가 밖에서 들으면 오해하기 십상이네요. 중간에 족두리라는 말을 넣으시지⋯⋯."

"하하하⋯⋯! 오해 좀 하면 어떻소. 우리만 좋으면 그만이
지."

"그렇죠? 서방~ 님!"

더 수작(?)을 받아주다가는 날이 새야 족두리를 벗길 것 같
아 병호는 미소로 답하고 우선 족두리부터 빠른 속도로 벗겨
내었다.

이내 족두리를 다 벗겨내자 그녀가 물었다.

"무엇 하시다 아직 저녁도 못 드셨나요? 서방~ 님!"

"음, 바쁜 일이 좀 있어서 이 집, 저 집 다니다 보니 그랬소."

"천첩은 그사이 본부인이라도 안고 오시는 줄 알고⋯⋯."

"삼순이를 시켜 염탐시켰을 것 같은데?"

"어떻게 아셨어요? 서방님은 눈이 세 개라도 되세요? 밖으
로 돌아쳤다면서요?"

"다 아는 수가 있으니 앞으로는 행동거지를 조심하라고."

"알겠사옵니다. 서방님! 그런데 서방님⋯⋯!"

"뭔 말을 하려고 그렇게 뜸을 들이시오?"

"우리 아이 안 낳고 살면 안 될까요?"

"그건 또 무슨 소리요?"

"낳아봐야 어미 따라 상것이 되어 대우도 못 받을 텐데⋯
천첩은 아무리 생각해도 이것이 가슴을 후벼 파옵니다."

"내 당신이 눈물 흘리지 않도록 세상을 개혁할 것이니 아무 걱정 말고 낳으시오."

"말씀만이라도 천첩은 십 년 묵은 체증이 내려간 듯 속이 다 후련하옵니다. 이러니 어찌 우리 서방님을 은애하지 않을 수 있겠사옵니까?"

"은애한다는 말이 빈말은 아니지?"

"전까지는 그런 면이 없지 않았사오나, 이제부터는 진심이옵니다. 서방~ 님!"

자신의 말이 진실임을 증명하기라도 하듯 말끝에 살포시 기대오는 그녀였다. 이에 병호도 적극 호응하며 그녀를 살포시 끌어안는데, 밖에서 훼방꾼의 목소리가 들려왔다.

"상 들일까 하옵니다. 나리!"

"알았다. 어서 들여라!"

"네."

그녀의 대답이 들려오는 것과 동시에 지홍이 알아서 자신의 몸을 떼어냈다.

곧 삼순이 들어와 상을 놓고 나가자 그때부터 병호는 빠른 속도로 일단 허기진 배부터 채웠다. 그리고 지홍과 술잔을 거듭 기울였다. 그러다 보니 시간이 어느새 삼경이 되었다.

"이제 그만 잡시다."

"네, 서방님!"

대답과 동시에 그녀가 자리에서 발딱 일어났다. 이에 이상하게 생각한 병호가 물었다.

"무엇하려고 그러오?"

"불을 꺼야 하지 않겠사옵니까? 서방님!"

"아무리 급해도 그렇지, 상이나 윗목에 올려놓고 밥보로 좀 덮어 놓으시오."

"호호호! 내가 그랬나? 알겠사옵니다. 서방님!"

"그러고 말이오."

"네."

상을 반쯤 든 채 지홍이 병호의 얼굴을 올려다보며 답했다.

"그냥 불을 밝힌 채 옷을 벗는 것은 어떻소?"

"쳇, 천첩이 기생 출신이라고 얕보시는 겁니까?"

생각지도 못한 그녀의 언사에 당황한 병호가 말을 더듬으며 답했다.

"그, 그건 절대, 절대 아니고, 당신의 몸매가 너무 예쁠 것 같아서 그런 제의를 한 것이오."

"그렇게 말씀하시니 천첩의 마음이 열립니다. 하죠! 까짓것 언젠가는 천첩의 몸이 백일하에 드러날 것인데, 무얼 숨기고 자시고 하겠사옵니까? 하지만 부끄러운 것은 천첩의 몫이겠죠?"

"정 부끄러우면 안 해도 되오."

"아니옵니다. 서방님이 원하시는 것은 무엇이든 할 각오가 되어 있사옵니다. 우리 둘 사이에 태어날 자식을 위해서라도, 비록 못난 몸이지만 천첩의 몸으로 위로받으시고, 열심히 노력하시어 천첩의 소원을 꼭 이루어주십시오."

말을 하면 할수록 감정이 격앙되는지 끝내 눈물까지 한 방울 또르르 흘려내는 그녀를 보며, 병호도 마음이 아려 내심 긴 한숨을 내쉬는데, 그녀가 애써 밝은 표정으로 미소 지으며 상을 들고 윗목으로 향했다.

곧 병호의 말대로 상을 윗목에 놓고 밥보로 덮은 그녀가 주저 없이 옷고름에 손을 대었다. 그리고 병호를 바라보며 남의 혼을 쏙 빼놓듯 생긋 미소 지은 그녀가 말했다.

"조금 못난 곳이 있더라도 타박하기 없기옵니다. 서방님!"

"물, 물론이오! 꿀꺽!"

자신도 모르게 목울대를 움직인 병호가 눈을 빛내며 그녀의 일거일동을 주시하고 있는데, 그녀가 천천히 원삼부터 옷을 벗어나가기 시작했다.

'이거야 원, 조선에 와서 스트립쇼를 볼 줄이야!'

내심 기대에 부풀어 그녀를 주시하고 있으니 그녀는 정말로 과감하게 빠른 속도로 자신의 옷을 벗어나갔다. 그리고 끝내는 병호가 선물한 브래지어와 기저귀를 찬 모습의 아랫도리가 되자, 옷을 벗기를 중단하고 그녀가 물었다.

"더 벗어야 되옵니까?"

"됐소, 그 정도면. 단! 잠시 그 상태로 머물러 있었으면 좋겠소."

"얼마든지요."

몸매에도 자신이 있는지 그녀는 정말 병호의 말대로 비스듬한 자세로 서 있었다. 그러던 그녀가 자진해서 한 바퀴 돌기도 하니 이런 눈요기가 없었다. 아무튼 그녀의 모습에 병호는 넋을 잃고 바라보지 않을 수 없었다.

한마디로 정말 빼어난 몸매였기 때문이었다. 군살 하나 없는 몸태에 들어갈 곳은 쏙 들어가고, 나올 것은 반대로 풍만하다는 말이 나올 정도로, 가슴이며 엉덩이가 유독 발달해 있었다.

"정말 멋진 몸매요. 얼굴도 천하일색인 데다 몸매마저 빼어나니 보는 사내마다 혼이 다 달아나겠소. 하니 나 외에는 어디 가서 손도 보여주지 마시오."

"서방님 말씀대로라면 오뉴월에도 수피를 끼고 다녀야겠네요?"

"하하하……! 그러던지."

"서방님, 이제 불 끌까요?"

"금침부터 펴고."

"하마터면 맨바닥에서 뒹굴 뻔했네요."

"기왕 맨바닥에 뒹굴 거라면 콩이라도 깔던지."

"호호호……! 콩이 배겨서라도 요분질하라는 말씀이옵니까?"

"너무 그렇게 직설적으로 뱉으면 재미없잖소?"

"호호호! 그런가요? 알겠사옵니다. 앞으로는 조심할게요."

말을 하며 지홍은 반닫이 위에 그냥 올려놓았던 요와 이불을 차례로 깔기 시작했다.

이 모습을 보고 병호가 말했다.

"농 하나 없는 줄 몰랐다니 내가 너무 무심했군."

"농은 없어도 되옵니다. 처음과 같이 천첩을 변치 않고 아껴주시는 게, 농 수십 개를 선물해 주시는 것보다 천첩은 더 행복할 것이옵니다."

"알겠소. 검은 머리가 파뿌리 될 때까지 아껴줌은 물론 농도 드리리다. 됐지요?"

"감읍하옵니다. 서방님!"

말과 함께 지홍이 무너지듯 병호에게 안겨왔다. 이에 병호가 과장되게 이불 위로 쓰러지며 그녀에게 물었다.

"불 안 꺼도 되겠소?"

"아 참, 내 정신 좀 봐!"

발딱 일어나 그녀가 불을 끄러가는 동안 병호도 자신의 옷을 빠른 속도로 벗어나갔다.

그래서 지홍이 이불 속으로 파고들었을 때, 병호도 거의 동시에 그녀 옆에 누울 수 있었다.

"서방님~!"

병호가 이불 속으로 들어오자마자 그의 품으로 파고들며 안겨오는 지홍이었다.

이에 병호는 천천히 그녀의 등을 쓸며 말했다.

"우리 변치 않고 오래오래 사랑하며 서로 위해줍시다."

"천첩이 서방님께 부탁드리고 싶었던 말이었어요. 꼭 안아주세요, 서방님!"

"그럴까? 어디 우리 노처녀 좀 안아봅시다."

"쳇, 서방님 기다리다 이 몸에 벌써 흰머리 나는 것 안 보이세요?"

"어디 흰머리가 났단 말이오?"

"쳇, 천첩은 농담도 못 하나요?"

"요것이, 서방을 놀려!"

"아이고, 아이고, 간지러워! 항복, 항복!"

병호가 갑자기 간지러움을 태우자 뒹굴며 웃던 그녀가 금방 항복을 하는 바람에, 병호는 간지럼 태우던 것을 그치고 바로 그녀의 몸을 옆으로 세우게 하여 브래지어의 끈을 풀어 냈다.

그리고 아예 그녀의 마지막 보호대마저 풀어내 머리맡에

놓았다. 이 과정에서 지홍이 적극적으로 협조하는 바람에 시간이 오래 지체되지는 않았다. 곧 완전 나신이 된 그녀를 가볍게 끌어안고 있던 병호가 그녀의 몸 위로 오르는 것 같더니 느닷없이 그녀의 탐스러운 입술을 덮쳐갔다.

"……!"

깜짝 놀란 그녀가 부지불식간에 자신도 모르게 기음을 토해내고 이때부터 병호의 적극적인 애정 공세가 시작되었다. 설육이 뒤엉키는 것 같더니 그의 입술은 어느새 지홍의 목에 닿아 있었다.

"너무 기분 좋아요! 구름 위에서 노니는 기분이에요. 아후후……!"

지홍은 몸이 예민할 뿐만 아니라 교성도 뛰어나 상대를 더욱 신나게 하는 마력이 있었다.

"아으으! 내 몸이 이상해요. 아으으……!"

어느새 병호의 입술이 그녀의 가슴에서 노닐자 그녀는 몸을 이리저리 뒤척이며 격한 반응을 쏟아내기 시작했다. 때로 엉덩이까지 상하로 움직이며 오도방정을 떠는데 하마터면 병호가 그녀의 몸에서 굴러 떨어질 뻔했다.

한참 지홍의 몸을 어루만지던 병호가 그녀의 몸에 닿았다. 그러나 그 모든 것이 쉽게 이루어진 것은 아니었다. 그녀가 아프다고 비명을 지르며 병호의 등짝을 몇 대 때려서야 모든 행위가 종착역에 닿았고, 지홍은 이후로도 한참을 아프다고 호소하며 움직이질 못했다.

이에 병호는 내심 다짐한 게 있었다. 빠른 시일 내에 콘돔을 개발하던지 아니면 그녀가 임신했을 때를 대비해 본격적으로 그녀를 운동을 시키기로. 아니면 애가 커서 낳지도 못할 것 같았기 때문이었다.

'똑같은 여인인데, 이렇게 다를까?'

내심 푸념하면서도 병호는 세상모르고 잠든 지홍의 머릿결을 쓰다듬고 있었다.

*   *   *

그로부터 사흘이 지났다.

아침부터 갑자기 궁에서 호출이 왔다. 대전내관을 통해 주상이 병호를 부른 것이다. 이에 병호는 바로 준비를 해 궁을 향해 출발하면서도 궁금증이 일어 견딜 수 없었다. 그래서 함께 가는 대전내관에게 물었다.

"주상이 무엇 때문에 나를 부르신 것인지 아시오?"

"아마도 금번 통상사절단이 구성되는데, 그것 때문이 아닌가 하옵니다."

"하면 근린 제국과의 통상이 결정되었군요."

"그런 것으로 아옵니다."

"하하하! 잘됐군, 잘됐어!"

갑자기 병호가 대소하며 멈추어 서자 지나가던 사람들의 시선이 모두 그에게 집중되었다. 하지만 병호는 전혀 개의치 않았다. 단지 자신의 뜻이 이루어진 것에 대한 기쁨만이 아직도 가슴 가득 남아 있을 뿐이었다.

3각 후 병호는 대전내관을 따라 입궐을 했고 곧 주상과 독대의 자리를 마련할 수 있었다. 문후 여쭙고 편히 앉으라는 말에 병호가 양반 다리를 하고 앉으니 밝은 미소를 지은 주상이 용건을 말하기 시작했다.

"과인이 경을 부른 것은 다름 아니라, 경의 제안대로 금번에 근린 제국을 순회할 통상사절단을 꾸렸음이야. 물론 이웃 나라들과 통상을 하자는 것이 주목적이지. 헌데 이 과정에서 정사, 부사를 임명하려 하니 고사하는 인물들이 많아 애를 먹었네."

주상의 이야기에 분노하는 마음도 일었지만 그들의 입장을 이해하지 못하는 바도 아니었다. 일본으로 통신사를 파견하는 데도 뱃길이 험하니 생명의 위협을 느낀 일부 고관들이, 노부모가 계시다는 등 갖은 핑계를 대며 고사하는 바람에 징계를 당한 일이 한두 번이 아니었다.

하물며 저 멀리 남국까지 가야 하는 이번 뱃길에 유독 고사하는 인물이 많았다는 것은 당연한 일인지도 몰랐다. 아무튼 병호는 주상의 말을 계속해서 경청했다.

"해서 정사에는 금번 대사성 후보로 오른 김학성(金學性)을 부사에는 무관 출신인 신관호(申觀浩)를, 서장관에는 경을 임명했네."

"신을요?"

"왜? 싫은가?"

'아차!'

전혀 예상치 못한 임명에 병호는 전생의 버릇이 나와 부지불식간에 묻고는 큰 실례를 범했음을 알고 얼른 부복하며 고했다.

"성은이 망극하옵니다. 전하!"

"하하하! 과인은 경도 고사하는 줄 알고 뜨끔했네. 하긴 이런 제안을 한 경이 고사한다는 것은 말이 안 되지."

"물론이옵니다. 전하! 소신 최선을 다하여 국익을 지킬 것이며, 전하의 위엄을 사해에 떨치겠나이다."

"하하하! 암, 그렇게 씩씩하게 나와야지. 경을 보니 확실히 젊음의 패기가 느껴져."

"하온데, 전하!"

"무슨 말이든 하오!"

병호의 말에 기분이 좋았던지 다시 하오체를 쓰는 주상 환이었다.

"명칭이 통상사절단이니 정사를 전권대사(全權大使), 부사를 부전권대사(副全權大使)라 명명하시는 게 좋겠사옵니다."

"그래? 그러면 그렇게 하자고. 명칭이 중요한 것이 아니니까."

"성은이 망극하옵니다. 전하!"

다시 부복해 사은하는 병호를 넉넉한 웃음으로 바라보던 주상이 다시 입을 떼었다.

"서장관(書狀官)이라 하면 정4품과 6품 사이에서 임명하는 것이 관례. 그러나 경은 출사한 적이 없으니, 금번에 과인이 특별히 음서로 정6품의 관직을 제수한 것이니 그리 알라."

"성은이 하해와 같사옵니다. 전하!"

"그 외에 사절단에 필요한 인원이 있으면 임의적으로 필요한 사람만큼 충원할 수 있는 특별 자격을 주겠네."

"성은이……."

"그런 의례적인 인사는 됐고. 과인에게 할 말이 있으면 하시게."

"본 사절단이 소기의 목적을 달성하게 되면 앞으로 물동량이 크게 늘어나 강화도의 포구를 미리 크게 확장해야 될 것으로 사료되어집니다. 전하!"

"흐흠……! 특별한 계획이라도 있는가?"

"소신의 생각으로는 큰 배들도 정박할 수 있게 대규모 항구로 조성함은 물론 창고 등 상품을 저장할 부대시설도 필요할 것이옵니다. 여기에 저들과 조선인 사이에 다툼이 생길 수도 있으니, 무역과 관계없는 사람들은 드나들 수 없게 통제함은 물론, 저들의 상행 또한 보장되어야 하니 장차는 강화도 전체를 치외법권 지역으로 만들어, 저들의 상관(商館)도 유치하고, 우리의 경비대도 주둔시켜 이를 통어(通御)할 수 있게 하여야 할 것으로 사료되어집니다!"

"흐흠… 서로 통상을 한다는 것이 결코 간단한 일만은 아니로군. 그 문제는 지금으로서는 그렇게 급한 일이 아니니, 잘 알고 있는 경이 돌아오는 대로 다시 논의하여 결정하기로 하세."

"성은이 망극하옵니다, 전하!"

"또 할 말이 있는가?"

잠시 생각에 잠겼던 병호가 입을 떼었다.

"양이의 여러 나라 중 화란(和蘭)과는 금번에 통상을 맺는 게 어떻겠사옵니까? 그들만은 다른 양이와 달리 서학을 앞세워 다른 나라를 침략하지 않고, 이제 국력이 쇠퇴하는 시기라 큰 위험은 없을 것이라 사료되어집니다. 또 화란 상인들이 제반 설비를 들여오는데 크게 기여한바, 포상 차원에서라도 전하께서 용단을 내려주시면 감읍하겠사옵니다. 전하!"

"흐흠······!"

아직 팽팽한 미간을 찡그리며 잠시 생각에 잠겼던 주상 환이 말했다.

"좋다! 허한다. 단! 만약 강화도를 벗어나 장사를 하거나 조선 백성과 접촉할 시에는 즉각 통상조약을 해지할 것인즉 이를 명심하도록.

"성은이 하해와 같사옵니다, 전하!"

"또 할 말이 있는가?

"없사옵니다, 전하!"

"그럼, 이만 물러가시게."

"성은이 망극하옵니다, 전하!"

주상이 아무리 은혜를 베푼다고야 하지만 말끝마다 부복해 사은하는 일은 참으로 성가시고도 고된 일이었다.

                    *   *   *

그 길로 퇴궐한 병호는 수행원들을 데리고 급히 강화도로 향했다. 이튿날 오후 강화도에 도착한 병호는 중간에서 만난 홍순겸과 함께 금번에 인성룡을 데리고 온 상인을 만났다. 다행스럽게도 그는 안면이 있는 베르바흐라는 대상이었다.

"인성룡을 본국까지 데려다주어 고맙소."

"별말씀을요. 우리도 마침 화학 설비가 필요하여 가지러 오려던 참이었으니 잘된 일이었습니다."

"그래, 이번에는 무슨 제품을 싣고 가오?"

"속된 표현이긴 합니다만 자식이 어미를 잡아먹는다 할까? 유리 기술을 수입하는 것 같더니, 금번에 새로 개발된 제품인 내열유리로 만든 주방 용품과 실험 도구 등을 수입하고, 공작 기계만 해도 탁상 드릴링 머신을 비롯해 드릴에 홈이 파인 트위스트 드릴 비트 세트, 정밀 측정 기구인 버니어캘리퍼스와 마이크로미터도 다량 수입합니다."

"후후후! 좋소! 아무튼 내가 잠시 출항을 지연시킨 것은 다름 아니고 우리가 근린 제국과 통상을 맺으려 곧 출항을 하려하는데, 아무래도 외양의 해군력은 좀 달리는 편이라, 화란의 군선이 우리를 호위를 해주면 어떨까 해서요. 즉 우리가 일본 나가사키로 먼저 가 기다릴 테니 바타비아의 군함이 그곳까지 와 해적으로부터 우리를 보호해 주었으면 좋겠소."

"글쎄요. 그건······."

난처한 표정의 그를 향해 병호는 당근책을 제시했다.

"하면 우리 조선은 여러 유럽 열강 중 오직 화란하고만 통상조약을 맺을 용의가 있소."

"정말이시옵니까? 사장님!"

"물론! 또 여러 사업에 대해서도 논의하고 싶으니 가급적 총독각하가 직접 나가사키로 내방했으면 좋겠소."

"알겠습니다. 제가 총독 각하를 직접 찾아뵙고 건의를 드리 겠습니다. 아마도 총독 각하도 그런 제안이라면 흔쾌히 동의 하실 것 같습니다."

"그럼, 먼저 출발하여 이 제안을 꼭 전해주기 바라오."

"물론입니다."

이렇게 해서 앞길에 대한 포석도 마친 병호는 곧 그와 헤어 져 한양으로 돌아왔다. 한양 자신의 집에 도착한 병호는 곧 인성룡을 자신의 거처로 불러들였다.

"부르셨습니까? 사장님!"

그동안 병호의 호칭이 사장으로 통일된 것을 들었는지 그렇 게 호칭하며 그가 무릎을 꿇고 앉자 병호가 말했다.

"편히 앉으시게."

"감사합니다, 사장님!"

"자네가 이번에 큰 공을 세웠기에 나는 자네에게도 포상금 으로 700냥의 돈을 내리겠네."

"감사합니다, 사장님!"

갑자기 눈시울이 붉어지는 그를 바라보며 병호가 물었다.

"그래, 내게 다른 청은 없는가?"

"제가 시작을 했으니 끝을 보고 싶습니다."

"그래?"

"네, 사장님!"

"흐흠!"

어언 18세가 된 그를 잠시 바라보던 병호가 말했다.

"네가 알고 있는지 모르겠지만 고무나무는 조선에서 키울 수 있는 나무가 아니야. 저 동남아 열대지방에서만 자랄 수 있는 나무로, 네가 이를 끝가지 상품가치가 있는 나무로 키우기 위해서는 그곳에 상주해야 되는데 그럴 의향이 있는가?"

"지구 반대편인 밀림 속에서도 살아남아 돌아온 놈입니다. 그깟 동남아라면 일도 아니니 맡겨만 주십시오, 사장님!"

"그 의기가 가상하다. 좋다, 허락한다. 단 최소한의 인원을 데려가야 할 것이니 이를 네가 알아서 꾸려봐."

"제 동료도 괜찮습니까?"

"그들은 안 되지. 지금도 통역 요원이 부족한데 다른 사람들을 생각해봐."

"신치도에 배우고 있는 학생들은 가능합니까?"

"이래저래 다 빠져나가고 많지는 않겠지만 가능은 하네."

"그들 중 열 명 정도면 될 것 같습니다."

"그래? 그러면 먼저 신치도로 내려가 기다려. 내가 왜로 갈 때 그곳을 들려 갈 테니."

"알겠습니다, 사장님!"

"포상금은 들고 가기 좋게 어음으로 줄 테니, 부모님께 육지

쪽에 땅마지기나 사드려."

"그렇게 할 생각이었습니다. 고맙습니다, 사장님!"

"내가 더 고맙네. 자 그런 줄 알고 나가봐!"

"네, 사장님!"

그가 나가자 병호는 홍순겸에 지시해 700냥짜리 어음을 끊어 인성룡에게 주도록 했다.

*　　　　*　　　　*

그로부터 5일 후.

모든 인선이 끝나 조선 최초의 통상사절단은 마포나루에서 배를 타고 일단 대마도를 향해 출발하게 되었다.

여기서 통상사절단의 면면을 살펴보면, 전권대사로 임명된 김학성(金學性)은 금년 35세 젊은 문신이었다. 1828년(순조28) 진사가 되고 이듬해 정시 문과에 병과로 급제해 출사한 이래로, 금번에 대사성에 오를 정도로 출세가 무척 빠른 사람이었다.

그리고 부전권대사인 신관호는 무인 집안 출신으로 조부 신홍주는 무과에 급제하여 어영대장과 훈련대장, 병조참판을 역임했으며 홍경래의 난을 진압하는데 공을 세웠다.

그런 연유로 1827년 음직으로 관직에 등용된 이래 출세 가도를 달리고 있었다. 그런 그가 금번에는 김정희의 추천으로 부전권대사에까지 오르게 된 것이다. 하긴 스승인 김정희의 추천이 아니더라도 그는 조선 말 세세 동점의 시기에 외교관으로 많은 활약을 펼친 사람이니, 그 자리에 적격인 인사라 하기에 부족함이 없었다.

그 외에 역관으로는 중국어 역관으로 이상적이 선정되었는데, 그는 금번에 특이하게도 그의 제자이자, 같은 역관 오응현의 아들인 금년 12세의 오경석을 데리고 가고 있었다.

여기에 왜어 역관으로는 역관 집안 가운데 가장 많은 와학(倭學: 왜어 역관)을 배출한 집안인 천녕 현씨의 현탁(玄鐸)이 선정되어 수행하고 있었다. 참고로 그는 금년 29세의 젊은이였다.

또 최양업이 병호의 추천으로 영어와 불어 통역관으로 합류했고, 여기에 네 명의 호위 무사와 홍순겸, 장쇠 등이 병호의 수행원으로 선정되었다. 또 송상의 전계 대행수의 아들 공창규도 견문을 넓힌다고 병호의 허락하에 합류했다. 이밖에도 호위 무관을 비롯해 여러 종인(從人)들이 합류해 그 규모는 100여 인에 이르렀다.

이 인원이 송상에 대여했던 2천 석의 첨저형 상선 3척과, 송상이 청국 광주에서 사들인 같은 규모의 당선 3척 중 1척에 승선하고, 나머지 5척에는 조선의 신제품과 홍삼을 싣고 마포나루를 떠났다.

이들이 마포나루를 떠나던 날, 이들의 앞날을 축복해 주려는지 사월 초순의 날씨는 청명하고 산들바람마저 불어와 상쾌함을 느끼게 했다. 이런 이들이 대마도에 도착한 것은 8일 후였다.

물론 중간에 신치도에 들려 인성룡과 그가 선발한 인원 10명도 합류시킨 후였다. 아무튼 이들이 대마도에 도착하니 때 아닌 조선 배의 출현에 한바탕 난리가 났다.

저들 군선이 몇 척 출현했으나 곧 이들이 조선 사절단임을 알고 이번에는 대마도주 이하 삼 장로가 직접 영접을 하는 등 호들갑을 떨었다. 아무튼 일행은 대마도 제15대 번주 소 요시노리(宗義和)의 안내로 예로부터 조선 통신사 일행이 묵었던 세이산지(西山寺)에 여장을 풀었다.

저녁이 되자 대마도주 종의화의 초청으로 그의 관사에서 연회가 베풀어졌다. 이 연회에는 삼사와 통역인 현탁만이 참석을 했다. 물론 무관들의 호위를 받아 관사까지는 갔다.

아무튼 나름 거하게 차린 연회상을 놓고 서로 초면의 인사를 나누자 사실상의 주재자인 병호가 나섰다.

"우리가 통보도 없이 이곳에 들른 것은 다름 아니라 양국의 통상을 보다 적극적으로 하기 위해서요."

"하면 조선 조정이 막부와 직접 거래를 한다는 말입니까?"

금년 초에 번주가 된 젊은 종의화의 물음에 병호가 손을 저으며 답했다.

"조선 조정은 관련이 없고 앞으로는 개인이 일본과 직접 거래를 하려함이오."

"하면 우리를 통해 모든 무역이 이루어졌는데 우리로서는 큰 손실을 보는 것 아닙니까?"

"위기는 기회일 수도 있죠. 조선에서 팔릴 만한 물건을 사들였다가 초량 왜관만이 아닌, 한양과 가까운 강화도에서 팔 수도 있으니 말이오."

"그럼, 우리도 강화도 입항이 가능하단 말씀이군요."

"일본을 포함한 근린 제국에 한해 개방을 하려고 하오."

"감사한 일입니다."

새삼 고개를 조아리는 그를 보고 병호가 계속해서 말했다.

"번주도 이익을 보는 일이니 번주가 사람을 시켜 조선 국왕의 국서를 먼저 막부에 전해주시면 고맙겠소."

"이를 말입니까? 꼭 전해드립죠."

"그러면 우리가 먼저 나가사키에 도착하여 회신을 기다릴 테니, 그곳으로 답을 주면 되오."

"알겠습니다."

공손히 답한 종의화가 눈을 빛내며 질문을 던졌다.

"초량 왜관 대관(代官)의 보고에 따르면 조선에는 예전에 볼 수 없던 물건이 수없이 출연한다는데 그게 사실입니까?"

"그렇소."

"우리도 그 물건을 떼어다 팔 수 있는 것입니까?"

"물론이오."

"감사하고, 감사한 일입니다."

부를 쌓을 기회를 잡았다는 듯 연신 고개를 조아리던 종의화가 김학성을 보고 말했다.

"전권대사님께 소인이 먼저 한 잔 올리겠습니다."

"고맙소."

이렇게 차례로 세 사람에게 종의화가 술을 올리자 병호가 그의 술병을 받아 그에게도 술 한 잔을 따라주었다. 이렇게 시작된 연회가 근 한 시진 동안 이어지다가 밤이 제법 깊어서야 파했다.

다음 날, 종의화는 조선 국왕의 국서를 휴대한 삼 장로 하나를 에도 막부로 급파했고, 사절 일행은 삼 일간 대마도에 체류하며 한가한 일정을 보냈다. 그리고 나흘째에는 모두 다시 승선하여 나가사키로 향했다.

대마도를 떠난 사절단 일행이 사 일 후 나가사키항에 도착하자, 경비병들이 나타나 일단 하선을 허락했지만 더 이상의 통행은 불허했다. 이에 일행이 하릴없이 기다리고 있자니 연락을 받은 나가사키 부교(奉行) 다카하시(高橋)가 급히 다가와 예를 표하며 말했다.

"대마도의 장로로부터 연락은 받았습니다. 자, 조선 사신은 남이 아니니 일단 관소로 갑시다."

"고맙소이다."

형식상으로는 전권대사인 김학성이 감사를 표하자, 병호는 대마도에서와 같이 삼사와 통역만이 그를 따르게 하고, 나머지는 우선 배에 있으라는 지시를 내렸다. 그러나 특별히 병호의 지시에 의해 장쇠와 홍순겸은 한 자리 낄 수 있었다.

곧 그를 따라 부교소(奉行所)에 도착한 일행은 정청에서 그와 정식으로 마주앉아 상견례를 가졌다. 이것이 끝나자 부교(奉行) 다카하시(高橋)가 물었다.

"정식으로 조선과 우리 일본이 통상을 하자고요?"

이에 병호가 나서서 답변을 했다.

"그렇소이다. 상인 개개인이 모두 상거래를 할 수 있도록 빗장을 풀자는 이야기죠. 물론 개항지는 강화도 한 곳으로 제한할 것입니다만?"

"흐흠……!"

병호의 말에 잠시 생각에 잠겼던 그가 말했다.

"내 개인적인 생각입니다만 아마 막부에서 그렇게까지 허락하지는 않을 것 같습니다. 이곳 나가사키만은 화란과 청에 개방을 했으니 조선도 개방을 해, 조선 상인들은 자유롭게 상거래를 하게 할 것이나, 조선이 강화도를 개방한다 해도 막부에서는 대마도주나 여타 상인들 중, 소수에게만 자격을 주어 교역을 허락하지 않을까 싶습니다."

"흐흠……!"

이번에는 병호가 침음을 발하는데 다카하시가 손뼉을 치며 밝은 표정으로 말했다.

"자, 자, 그건 막부에서 결정할 일이고 우리는 친선을 도모하기 위해서라도 자리를 옮겨 술이나 한잔합시다. 갑자기 오시는 바람에 많은 준비는 못했지만 약소하게나마 즐길 정도는 될 겁니다."

손님인 이들로서는 다케하시의 말을 거역할 수 없어 모두 그를 따라 자리에서 일어났다. 곧 후정에 위치한 개인 관사에 든 이들은 그로부터 한 시진 동안 대접을 받았다.

연회가 끝나갈 무렵 병호가 다케하시를 보고 단독 면담을 신청했다. 이에 병호가 실질적인 주재자임을 깨달은 다카하시가 즉시 허락하고 다른 다다미방으로 자리를 옮겼다.

그러자 병호는 그에게 잠시 실례한다는 말을 남기고 밖으로 나가 장쇠와 홍순겸을 불러들여 그 앞에 쩔렁거리는 두 자루의 은을 내려놓고 말했다.

"약소하지만 예물로 가져왔소이다."

"이렇게까지 안하서도 되는데 무슨 부탁이 있어서 그러시오?"

역시 나가사키 부교쯤 되는 자리는 아무나 하는 게 아니었다. 눈치 한번 되게 빠른 자였다.

나가사키 부교는 규슈(九州)의 다이묘들을 감독하는 권한을 가졌기 때문에 감독을 당하는 다이묘들은 부교의 비위를 맞추기 위해 공공연히 뇌물을 상납했고, 또 무역 상대국인 중국과 네덜란드로부터 막대한 뇌물을 받아온 것이 관행이라서 그런지, 뇌물 받는 것을 전혀 부끄러워하지 않았다.

아무튼 닳고 닳은 부교지만 이자의 허락 없이는 배에서 한 발자국도 움직일 수 없는 처지인 조선 사절단으로서는, 달리 방법이 없어 병호가 지금 뇌물 공세를 펼치고 있는 것이다.

"말씀하신 대로 몇 가지 부탁이 있소이다."

"말씀하시죠."

"막부의 답변서가 도착할 때까지 이곳 나가사키에 머물고 싶소이다. 하고 머무는 동안에는 화란 상관이나 청국 상관도 구경하고 싶은데 허락하실런지요?"

"우리 군병들의 통제하에 출입을 허락하도록 하겠습니다."

"또 우리가 가져온 물건이 좀 있는데 그 일부도 교역을 하고 싶습니다."

"허허, 거참……!"

"그때는 별도로 챙겨 드리겠습니다."

"하긴 전래의 이웃을 안 챙겨 드리면 누굴 챙겨 드린단 말입니까? 내 특별히 마루야마 유곽(遊廓)의 출입도 허락하겠소이다."

"유곽도 있습니까?"

"규모가 꽤 크다오."

"그 문제는 상의해서 결정하도록 하겠습니다. 그보다는 일
반 수행원들의 숙소가 문제입니다. 계속 배에 머물 수만은 없
지 않겠습니까?"

"중요 세 분은 관사에서 모실 수 있습니다만 나머지 사람들
은 별도 숙박비를 내고 체류해야 할 것입니다. 그만한 여유 공
간이 없어서요."

"그건 그렇게 하도록 하겠습니다."

"또 있습니까?"

"당장은 없습니다. 머물면서 불편한 점이 있으면 그때 말씀
드리도록 하겠습니다."

"그렇게 하시지요."

이렇게 해서 오늘의 일정을 끝낸 일행은 다시 배로 돌아와
일박을 했다. 기다리는 사람들이 걱정을 할까봐 그리 하였다.

다음 날.

병호는 아침 일찍 병호를 비롯한 삼사는 관소에 들러 다케
하시의 허락을 받고 그가 붙여준 군병의 인도하에 데지마로
향했다.

데지마(出島)는 나가사키 시가지 남쪽에 있는 면적 1만 3천

평방미터 정도의 인공 섬으로, 일본 쇄국 시대 유일한 양이의 무역 상대국이었던 네덜란드인의 거류지였다.

데지마는 1634년에 조성되었으며, 19세기 일본 개국까지 약 200년에 걸쳐 이곳에 네덜란드 상관이 존재했다. 아무튼 일행이 조선의 왕실 대문보다는 작은 화란 상관 정문 앞에 서니 이곳의 경비병이 온 용건을 물었다. 이에 병호가 나섰다.

"조선에서 온 사절인데 상관장(商館長)을 만나보고 싶소."

"잠시 기다리시오. 안에 통보하고 연락이 오면 안내를 해드리겠소이다."

"그럽시다."

곧 경비병 중 하나가 안으로 달려 들어가고 채 5분이 되지 않아 안에서 사람이 나와 일행을 직접 안으로 안내해 들어갔다. 가는 길에 보니 마차 네 대가 동시에 동행할 수 있는 중앙 통로를 두고, 양편에 2층 목조 가옥이 연이어져 있었다. 하나 특색이 있는 것은 벽이 모두 흰색으로 도색되어 있는 것이었다.

아무튼 일행이 안내인을 따라 이층 건물 중 가장 커 보이는 건물 안으로 들어서니, 키가 상당히 큰 파란 눈의 사내가 일행을 기다리고 있었다. 그런데 하나 특이한 것은 나이가 무척 들어 보인다는 것이었다. 병호의 눈에 최소 60세는 넘지 않았을까 생각되었다. 그런 그가 유창한 영어로 말했다.

"네덜란드 동인도 회사 소속 나가사키 상관장 헨드릭 두 프(Hendrik Doeff)라 하오. 조선에서 오셨다고요?"

이에 동행한 최양업이 통역을 했다. 이 말을 들은 병호가 나서서 일행을 그에게 소개하기 시작했다.

"이분이 조선의 통상에 대해 전권을 위임받은 전권대사 김 학성, 이분은 부대사 신관호, 나는 서장관 김병호라 하오. 상 관장님을 뵙게 되어 영광입니다."

말이 끝나자마자 병호가 손을 내밀자 헨드릭 두프가 껄껄 웃으며 말했다.

"서양인을 많이 상대해 본 솜씨요?"

"꼭 그렇지만은 않고, 이 날을 위해 많이 배웠습니다."

"어쨌든 원로에 우리를 찾아준 귀한 손님이니 안으로 드시 지요."

"고맙습니다."

일행은 상관장을 따라 그의 집무실로 들어갔다. 곧 삼인이 그의 맞은편에 좌정을 하자 헨드릭 두프가 물었다.

"그래, 무슨 일로 우리 상관을 방문하셨소?"

"네덜란드와 통상을 하고 싶습니다."

병호의 단도직입적인 말에 깜짝 놀란 그가 이내 환한 미소 로 말했다.

"그래요? 거 듣던 중 반가운 소리입니다."

"여기 조선 국왕의 친서도 있습니다."

"아니래도 우리나라 상단이 근래 조선과 부쩍 교류가 늘었다 해서, 조선에 한번 방문할까 생각 중이었는데 아주 좋습니다."

말이 끝나자마자 정중히 친서를 받은 그가 뒤에 대기하고 있던 일본인 통역인 듯한 자에게 친서를 넘기며 말했다.

"이 서신이 본국에 도착하는 대로 빌럼 2세 국왕 전하께서는 지체 없이 승낙하시고, 양국에 상관을 개설하고자 할 것입니다."

"그 내용을 보면 아시겠지만 우리는 강화도 한 군데만 개방하는 것입니다."

"아무려면 어떻습니까? 내 조선을 조만간 방문하려고 그곳 속담도 익혔는데, 천 리 길도 한 걸음부터라는 속담이 있는 것으로 알고 있습니다. 비록 지금은 조선의 한 곳이지만, 차근차근 우호 관계를 쌓아가다 보면, 언젠가는 전면적으로 개방하는 날도 오겠지요."

"그렇게 이해를 해주시니 고맙습니다. 하면 이곳으로 바타비아에 계시는 총독님도 오실 것이니, 국서는 그분을 통해 화란국왕 전하께 올리는 게 좋겠습니다."

"아, 그래요? 그 문제는 그럼 그렇게 처리하기로 하고, 아무튼 우리로서는 우리나라 어느 곳이라도 좋습니다. 암스테르

담, 로테르담 원하는 곳 어디든 상관을 개설하셔도 좋고, 상업 활동은 전국 어느 곳에서든 가능합니다."

"고맙습니다."

감사를 표한 병호는 이 나라가 처한 현실을 생각해 보았다. 비록 1세기 전에는 유럽의 최강국 중의 하나였으나, 얼마 전까지만 해도 영국과 프랑스의 지배를 받는 등 영락했다가, 근간에 다시 일어서기 시작하는 작은 나라였다.

그러니 이 나라는 열심히 교역을 하지 않으면 생존하기 힘든, 어쩌면 조선과 비슷한 운명의 나라라는 생각이 들어 더 친밀감이 생겼다. 아무튼 병호가 막 생각에서 깨어나는데 갑자기 문 쪽에서 노크 소리가 들려왔다.

똑똑!

"들어와요."

"어머나!"

상관장의 허락에 무심코 문을 열고 들어오던 12~3세쯤 되어 보이는 예쁜 소녀가 낯선 손님이 있는 것을 보고 깜짝 놀라 말했다.

"손님이 계신 줄 몰랐어요. 상관장님!"

"우리 나중에 만날까?"

"네, 상관장님!"

그녀가 문을 닫고 나가자 병호가 궁금해 물었다.

"누군가요?"

병호의 물음에 긴 한숨부터 내쉰 헨드릭 두프가 말했다.

"이야기하자면 사연이 길다오."

이렇게 운을 뗸 그의 이야기가 이어졌다.

헨드릭 두프의 이야기를 종합해 보면 아래와 같은 내용이었다.

네덜란드 상관에는 동인도회사, 뒷날의 네덜란드 정부가 파견한 의사가 한 명씩 상주했다. 이 의사는 상관 내의 몇 안 되는 거류민을 진료하는 역할 말고도, 과학자 겸 지식인으로서 일본 문물을 탐구하는 더 중요한 임무를 맡았다.

역대 여러 명의 의사가 데지마에 주재했지만 그중 필립 프란츠 폰 시볼트(Philipp Franz von Siebold)가 특별한 발자취를 남겼다. 시볼트는 1796년 지금의 독일 뷔르츠부르크에서 태어났다.

고향에서 의과대학에 다닐 때부터 해외 문물에 관한 책에 빠졌던 그는 의사 자격을 얻은 뒤 네덜란드로 가 군의관으로 지원했다. 인도네시아 주둔 네덜란드 군으로 파견될 것을 기대한 결정이었다.

그 뜻이 이뤄져 1823년에 시볼트가 바타비아(Batavia: 현 자카르타)의 총독부에 도착했을 때 총독이 그에게 뜻밖의 보직인 데지마 근무를 명함으로써 7년 가까운 그의 일본 생활이 시작됐다.

데지마에 머문 지 얼마 안 돼 시볼트는 한 영향력 있는 지방 관리의 병을 고쳐준 것을 계기로 '용한 양의사'란 평을 받았다. 이후 그는 섬 밖에서의 지방민 진료를 허락받았다.

게다가 일본인 50명을 학생으로 받아 의료 학교까지 개설했다. 학생들은 모두 막부로부터 입학 허가를 받았다. 그 무렵 이미 나가사키 일대에는 네덜란드어가 꽤 많이 통용되고 있었다.

시볼트의 주된 관심사였던 일본 문물 연구에 의료 학교 학생들이 큰 도움이 됐다. 학생들 역시 시볼트로부터 의술뿐 아니라 서양에 관한 전반적 지식을 전수 받았다.

그 시절 일본에서 서양 문물에 관한 공부를 '란가쿠(蘭學)'라 불렀다. '화란(和蘭, 네덜란드)'에 관한 학문이란 뜻이다. 의료학교 학생들은 동시에 난학(蘭學) 학회원이기도 했다.

시볼트의 진료를 받은 일본인 환자들은 답례로 작은 공예품, 생활 도구, 목각 그림 등을 선물했는데, 이 역시 일본 연구에 금쪽같은 자료들이었다. 그러나 일본 문물 중 시볼트가 특히 몰두한 분야는 식물이었다.

그는 데지마의 자기 집 뜰에 온실까지 갖춘 작은 식물원을 조성해 미친 듯이 표본들을 수집했다. 일본 체류 5년 정도 되던 때 시볼트에게 언짢은 일이 닥쳤다. 일본인이 제작한 동아시아 일대 지도를 그가 입수한 사실이 막부에 알려진 것이다.

막부는 시볼트를 당시 일본과 영토 분쟁 중이던 러시아의 첩자라고 의심해 데지마 밖으로의 출입을 금지시켰다. 금족령의 제약 속에서도 그는 연구를 계속했으나 1829년 막부가 아예 그에게 추방령을 내려 버렸다.

그래서 어쩔 수 없이 일본을 떠나게 된 그의 배에는 그의 분신과도 같은 수집품들이 모두 실렸다. 추방령 전에도 그는 데지마의 자택에 소장 공간이 모자라 여러 차례 수집품들을 유럽으로 실어냈었다. 이중 식물만 1,000종이 넘었다. 이로 인해 일본 식물이 유럽 전역에 알려지는 계기가 되었다.

아무튼 시볼트는 데지마에 있는 동안 한 일본 여성과 살면서 딸 하나를 두었다. 어머니 성을 따 '쿠수모토 이네'라 불린 이 딸은 아버지와 이별할 때 겨우 두 살이었다. 그런 그녀가 벌써 11년이 흘러 열세 살 소녀가 되어 있었던 것이다.

이 이야기를 들은 병호의 머리에 문득 스치는 생각이 있어 핸드릭 두프에게 한 가지 제안을 했다.

"시볼트를 조선에 의사로서 파견해 줄 수는 없겠소? 그리고 아까 그 이네라는 소녀도 조선으로 보내, 부녀 상봉을 할 수 있게 해준다면 좋은 일인 듯한데 말이오. 물론 그녀의 어머니도 보낼 수 있으면 보내 함께 살게 하는 것도 좋은 일이겠지요."

"글쎄요……?"

잠시 생각에 잠겼던 두프가 답했다.

"일단은 그런 내용으로 편지를 써서 시볼트에게 보내겠습니다. 허나 이에 응하고 안 하고는 그의 자유니, 나도 더 이상은 어쩔 수 없소."

"물론 그러시겠지요. 그렇게만 해주신다 해도 감사한 일이죠."

조선도 이제 한의학만을 고집할 때가 아니라, 양의학을 접목해 보다 의학 발전을 꾀할 필요성을 절감하고 있는 그에게 두프의 이야기는 호재로 다가왔다.

이런 생각 속에 병호는 한발 더 나아갔다.

"혹시 상관장님의 주선으로 화란 본국의 의사들을 조선에 다수 파견할 수 있으면 좋겠는데요. 동양 제일인 우리 한의학도 원하면 전할 의향도 있고요."

"그 문제는 총독 각하가 오신다니 그분과 상의해 답변을 드리도록 하겠습니다."

"알겠습니다."

"그런데 화란과 일본은 어떻게 교역을 하고 있습니까?"

"정기적인 선편이 오가고 있습니다. 따라서 우리 상선이 들어오는 날이면 일본 전역의 상인들이 몰려들어 우리 물건을 사서 가고, 저들 또한 우리가 필요로 하는 물건으로 거래를 하죠."

"그날이 언제입니까?"

"음……! 예정대로라면 사흘 정도 남았군요."

"그때 우리도 거래에 참여하면 안 되겠습니까?"

"듣자 하니 근래 조선이 무섭게 발전해 유럽에서도 볼 수 없는 신상품이 많이 쏟아져 나온다는데, 나도 눈요기도 할 겸 함께하시지요."

"고맙습니다! 상관장님!"

새삼 고개를 조아린 병호와 핸드릭 두프 사이에는 이후에도 많은 이야기가 나누어졌다. 그렇게 한 시진이 흐르자 병호는 일행과 함께 화란 상관을 나와 부교소로 향했다.

가는 길에 병호가 새삼 나가사키를 둘러보니 이곳 자체가 크게 높지는 않으나, 온통 산지로 둘러싸여 있어 평지를 보기가 힘들었다. 그런 탓인지 대부분의 건물이 산비탈에 올망졸 망 축조되어 있었다.

아무튼 일행이 부교소에 도착해 다카하시(高橋)를 찾으니, 마침 그가 소 내에 있어서 바로 그를 만날 수 있었다. 그가 일행을 반갑게 맞이하며 말했다.

"아니래도 사람을 시켜 초대를 하려던 참이었습니다."

"무슨 일이 있습니까?"

부대사 신관호가 묻자 다카하시가 미소를 지으며 답했다.

"우리 나가사키만의 요리로 접대를 하고 싶었습니다."

"그래요? 기대가 됩니다."

먹는 이야기가 나오자 대사 김학성이 반가운 표정을 지으며 응대를 하고, 다카하시가 일행을 다시 한 번 정중히 청했다.

"자, 후정으로 가실까요?"

"고맙소이다."

일행을 대표해 김학성이 감사를 표하고 일행은 다카하시를 따라 후원으로 향했다.

후원은 일본식 정원답게 각종 분재며 작은 연못에 인공 폭포까지 아기자기하게 꾸며져 있었는데, 정원의 잔디밭에는 다리 네 개 달린 둥그런 식탁 하나가 놓여 있었다.

다카하시의 안내로 일행이 그 둥근 탁자에 둘러앉자 그가 손뼉을 두 번 쳤다. 그러자 미리 준비가 되어 있었던 듯 하녀 둘이 오봉에 무엇인가를 들고 나왔다. 곧 그녀들이 한 사람 앞에 하나씩 그릇을 내려놓는데 병호가 살펴보니 맑은 장국이었다.

"일단 이것으로 속을 풀고 계시면 본 요리가 나올 것입니다."

그의 말대로 일행이 장국을 떠먹고 있자니 바로 본 요리가 나왔다. 그런데 이번에는 각자에게 주어지는 것이 아니라, 큰 그릇 하나에 본 요리가 담겨 있고, 각자에게는 이를 덜어 먹을 수 있는 작은 접시가 나누어졌다.

"자, 이것이 소위 '싯포쿠우동(しっぽくうどん)'이라는 것으로, 중국 음식을 우리 일본식으로 변형한 것입니다. 자, 한번 맛을 보시죠."

이에 일행이 일제히 숟가락을 들어 우선 국물을 떠먹어 보았다. 달면서도 약간 짭짤한 느낌이 났다.

그리고 내용물을 보니 닭고기, 표고버섯, 송이버섯, 미쓰바(三つ葉) 줄기, 죽순, 생유바, 김, 어묵 등과 함께 면이 들어 있었다. 재료는 무척 많이 들어갔으나 병호의 입맛에는 별로 맞지 않았다.

그래도 예의상 몇 접시를 먹었고, 다른 사람들 역시 입맛에 맞는 것인지, 예의상인지 몇 그릇씩 먹으니 금방 음식이 동이 났다. 그러자 다시 한 번 다카하시가 손뼉을 치자, 후식으로 홍차와 함께 생각지도 못한 '카스테라'가 나왔다.

이는 병호가 전생에서도 즐겨먹던 빵이라 '아, 벌써 왜에는 이 음식이 들어와 있구나!'라는 생각을 하고 있는데 다카하시가 말했다.

"이 카스테라는 화란인들에 의해 들어온 빵입니다. 처음 보실 것이니 맛나게 드시면 좋겠습니다."

"고맙소이다!"

김학성이 대표로 감사를 표하고 맛을 보는 것 같더니, 얼마 지나지 않아 모두 맛있게 빵을 다 먹어치웠다. 이렇게 조선인으로 치면 소박한 연회(?)가 끝나고 막 자리를 파하려는데, 중국 전통 의상인 치파오(旗袍)를 입은 사내 하나가 이들 앞에 나타났다.

"안녕하십니까? 부교님!"

"아니, 동 대인(董 大人)이 여긴 어쩐 일이시오?"

"허락하신다면 조선 사절단과 한번 만나 뵙고 싶어 왔습니다."

"그래요? 못 만날 것도 없겠지요."

"감사합니다. 부교님!"

이렇게까지 대화가 진행되는데 나 몰라라 할 수 없어 병호가 자리에서 일어나며 물었다.

"무슨 일로 우릴 보자 하십니까?"

내심 그들을 만날 생각을 갖고 있던 그로서는 반길 일이었으나, 그들이 먼저 찾아온 바에야 고자세로 나갈 필요가 있었다.

"이 자리에서는 곤란하고 장소를 옮겨 자세한 이야기를 나누었으면 합니다."

"그래요? 어느 곳으로 갈까요?"

이때 다카하시가 눈치를 채고 자리에서 벌떡 일어나며 말했다.

"내 잠시 자리를 비켜 줄 테니, 멀리 갈 것 없이 이곳에서 대화하도록 하세요."

"감사합니다. 부교님!"

동청상(董淸商)의 인사에 건성으로 답한 그가 내실 쪽으로 사라지자 동청상이 다카하시의 자리를 차지했다. 그런 그가 새삼 자리에서 일어나 자신의 소개부터 했다.

"온주 상인(溫州商人) 동청상이라 합니다. 청국 상인 조합의 대표를 맡고 있죠."

"아, 그렇습니까? 이거 대국 사람을 여기서 뵙게 되다니 매우 반갑습니다."

김학성이 자리에서 일어나 환대를 하고 신관호도 일어나 자신을 소개했다. 병호 또한 일어나 그와 서로 소개를 마치고 물었다.

"온주라 하면 금번 청국에서 우리 조선에 개항한 영파보다도 남쪽 도회 아닙니까?"

"잘 아시는군요. 복건 바로 위에 있는 도회로, 위로 영파, 항주, 상해 등의 큰 도회가 있습죠."

"온주 상인들이 지독하다는 말을 많이 들었습니다만?"

"더러우나 작으나 귀천을 안 가리고 달려드는 데다, 우리끼리 단결력이 뛰어나니 그런 말을 듣는 것 같습니다."

"크게 보아서는 절강 상인으로 분류되지 않습니까?"

"그렇습니다."

"흐흠……!"

병호가 침음하자 동청상이 물었다.

"무슨 일이 있습니까?"

진상의 교진청과는 아직도 상권에 대한 구역이 나누어 지지 않아, 병호에게는 이자의 속이 보이는지라 내심 고민하지 않을 수 없었던 것이다.

그래도 이자의 찾아온 용건을 듣지 않을 수 없어 병호가 물었다.

"우선 용건부터 듣고 이야기를 나누기로 합시다."

"좋습니다."

화답한 동청상의 말이 이어졌다.

"근간에 영파와 광주를 통해 조선의 신상품이 이곳으로도 조금 수입되고 있습니다. 그런데 그 제품들이 하나같이 얼마나 놀라운지 양이들이 울고 돌아갈 정도로, 정교하고 제대로 된 상품들입디다. 그래서 제가 생각하는 것은 그 제품에 대한 합작 생산입니다. 해서 우리 같은 절상이 지배하고 있는 남쪽에 푼다면 우리는 이 제품을 들고 청의 내륙으로도 진출함은 물론, 여타 동남아 국가들에도 팔 수 있을 것 같습니다."

"그 뜻은 좋으나 진상의 교 대인과 이미 합작 생산을 하고 있는 관계로 당장은 곤란합니다."

"정 안 되면 우리는 완제품이 아닌 부품 공장만이라도 유치할 수 있다면 감지덕지겠습니다."

말은 이렇게 하지만 병호에게는 이들의 속셈이 환히 들여다보였다. 이 부품들이 모이면 결국 완제품이 되는 것이므로, 종내는 이자들이 완제품을 만들어 시장에 내놓겠다는 속셈 아닌가. 그래서 병호가 이 역시 일언지하에 거절했다.

"그 역시 안 됩니다. 하지만 진 대인과의 교섭이 잘 되면 그때 가서 봅시다."

이렇게 되자 자리가 어색해질 수밖에 없었다. 이때 신관호가 재치 있게 끼어들어 분위기 반전을 꾀했다.

"절상이 크게 성공하는 요인이 무엇이라 보십니까?"

"우리에게는 사대 천(千) 정신이 있습니다. 곧 천산만수(千山萬水), 천언만어(千言萬語), 천신만고(千辛萬苦), 천방백계(千方百計) 등의 사천(四千) 정신입니다."

"그 뜻을 좀 풀이해 주시겠습니까?"

계속된 신관호의 질문에 동청상이 자랑스러운 표정으로 길게 기른 수염을 쓰다듬으며 말했다.

"첫째 '천산만수'란 멀고 험난한 길을 수없이 다닌다는 뜻이고, 둘째 '천언만어'는 끝없는 협상과 설득 노력으로 끝내 목표를 달성한다는 뜻입니다. 셋째 '천신만고'는 주지하는 바와 같이 어떤 고통과 어려움도 참고 견디는 것을 말하고, 넷째 '천방백계'는 팔 수 있는 방법을 어떻게든 짜낸다는 뜻으로, 융통성을 가지고 갖가지 방법과 전략을 마련하는 것을 말합니다."

"그런 정신이 있기에 절상들이 대성할 수 있었군요."

"그렇습니다. 하니 우리와 손을 잡으면 절대 손해 보실 일은 없을 것입니다. 합작 생산된 제품을 어떻게 하든 팔고 말테니까요."

"사대정신을 들어보니 금번에 뜻이 안 이루어지면 칠고초려라도 할 것 같은데 아닙니까?"

계속된 신관호의 질문에 동청상이 미소를 띠고 답했다.

"맞습니다. 한 번 거절당했다고 물러나면 온주 상인, 아니, 절상이 아니죠. 뜻을 이룰 때까지 조선으로도 찾아뵐 것이니, 귀찮다 마시고 맞아주시면 감사하겠습니다."

동청상의 말에 울지도 웃지도 못할 묘한 표정으로 병호가 답했다.

"머지않은 날에 가타부타 답을 드릴 것입니다. 하지만 우리도 고집이 있으므로 이후 만약 결렬이 되면 다시는 만나기 어려울 것입니다."

"그전에 몇 번이라도 찾아뵈올 예정이니 잘 부탁드립니다. 하고 금번에 꽤 많은 물건을 싣고 오신 것으로 아는데 언제 풀 예정이십니까?"

"내가 듣기에 화란 상선이 삼 일 후에는 입항 예정이라 들었소. 그때 풀 것이니 그때는 동 대인도 참여해 많은 상품을 사가시기 바랍니다."

"감사합니다. 김 사장님!"

자신을 사장으로 부르는 소리에 병호가 물었다.

"나에 대해 좀 알고 있는 것 같소?"

"김 사장님은 이미 중국인 사이에서는 유명 인사가 되었는데, 우리가 모르고 있다는 것은 말이 안 되죠."

"허허……! 서장관이 조선보다 대국에서 더 유명할 줄은 몰랐군."

김학성의 감탄인지 너스레에 빙긋 웃은 동청상이 바로 자리에서 일어나며 말했다.

"다음에 다시 찾아뵙도록 하겠습니다. 귀한 시간 내주셔서 감사합니다."

"멀리 못 나가오."

김학성이 일어나 조선식으로 배웅을 하는데, 병호는 미동도 않은 채 진상과의 교섭을 빠른 시간 내에 타결 지을 결심을 굳혔다.

*　　　*　　　*

그로부터 사흘 후.

화란 상관장 핸드릭 두프가 말한 대로 화란 상선 5척이 일시에 나가사키에 입항했다.

이를 기다리고 있던 병호는 송상의 공창규에게 말해 조선에서 가져온 상품을 각지에서 몰려든 왜상과 청나라 상인 그리고 화란 상인들에게 팔도록 했다. 그러나 소금과 종이, 유리, 시멘트 등은 왜상들에게만 판매하도록 했다.

그 이유는 청국에게는 이미 소개되어 절찬리에 판매 중이니 청국 상인들에게는 판매할 필요가 없는 데다, 이 물건이 부피가 큰 물건들이므로 화란 상인들에게는 소개할 필요가 없었기 때문이었다.

물론 조선 제품보다는 질이 떨어지는 제품들이 유럽 각국에 이미 판매되고 있는 것도 한 요인이었다. 아무튼 여기에 싣고 온 상품의 절반만 판매하도록 주문하는 것도 잊지 않았다. 그 이유는 다른 나라에도 상품을 소개시켜야 했기 때문이었다.

그런 지시를 내리고 병호는 화란 상선을 구경하러 갔다. 병호가 본 화란 상선은 프리깃(Frigate) 범장에 전선과 다른 점이 있다면 적재 용량을 늘리기 위해 선저를 보다 평평하게 한 모습이었다.

추정컨대 1,200톤 정도의 크기로 이 시대에서는 큰 축에 드는 상선이었다. 여기에 최상층에는 대포 6문도 장착하고 있어, 해적들에 대항할 수 있는 구조를 취하고 있었다.

이 모습을 보며 부러운 감정을 느낀 병호는 어떻게 하든 가장 빠른 기간 내에 최신식 배를 많이 소유하겠다는 결심을 굳혔다. 이런 생각하에 돌아서는 병호의 마음은 조금은 슬펐다.

화란 상인들이 구경나온 아이들에게 약간의 백설탕과 양과자 등을 나누어주는 것을 보고, 뒤쳐진 동양의 모습을 발견했기 때문이었다. 아무튼 이런 생각 속에 병호가 다시 조선 배가 있는 곳으로 오니, 공창규가 기다렸다는 듯 달려왔다.

"사장님……!"

"호흡이나 고르시오."

"네."

병호의 말대로 잠시 호흡을 고른 그가 말했다.

"상품을 전부 팔면 안 되겠습니까? 특히 성냥과 비누, 칫솔, 치분 등은 서로 사려고 아우성을 치는 바람에 제가 무척 곤란합니다. 그 외의 상품도 마찬가지입니다만."

"잠시 생각 좀 해봅시다. 음……!"

병호는 속으로 계산을 해보았다. 베리바흐가 바타비아에 들려 총독에게 자신의 의사를 전하고, 그들이 준비를 마치고 이곳으로 온다면 얼마의 시간이 걸릴까?

그 시간을 대충 계산해 보니 빨리 조선에 갔다 온다면 얼추 그들과 엇비슷한 시간에 도착할 것 같아 말했다.

"그러면 빨리 처분하고, 되도록 속히 돌아오시오."

"알겠습니다. 사장님!"

상품을 모두 팔아치울 속셈에 신이 난 공창규의 발걸음이 빨라지는 것을 보며 병호는 빙긋 미소 지었다.

*　　　*　　　*

그로부터 한 달이 지난 5월 중순.

금년에는 윤달이 들어 양력으로 치면 벌써 7월 중순쯤 되어, 장마가 상륙한 나가사키에는 연일 폭우가 쏟아지고 있었다.

병호는 이날도 근심에 휩싸여 잠시 비가 멈춘 틈을 타서 바닷가로 나왔다. 곧 먼바다를 응시하나 오늘도 기다리는 총독의 화란 군함은 그 모습을 보이지 않고 있었다.

그동안 일본 막부에서도 나가사키 부교가 예상한 대로 제한적인 통상 허가가 떨어졌건만, 기다리는 바타비아 총독은 모습을 보이지 않고 있는 것이다. 즉 이곳 나가사키와 대마도는 얼마든지 왕래하며 무역을 행할 수 있다,

그러나 다른 곳은 일체 기항을 불허한다는 것이었다. 막부도 근간에 조선에서 신상품이 쏟아져 나온다는 정보를 입수

하고 취한 조처 같았다. 또 그들은 자국인에게도 폐쇄적인 조치를 취하여, 각 번마다 일개 상단만을 강화도 무역에 참여할 수 있도록 했다.

아무튼 병호가 기다리는 화란 총독은 그 후 10일이 지나도 모습을 보이지 않더니, 장마가 물러가고 5일이 더 지난 6월 초이틀이 되어서야 그 모습을 드러냈다.

이 모습을 바닷가에 서 있다가 제일 먼저 발견한 병호지만 그는 오히려 부교소 쪽으로 발길을 돌렸다. 약세를 보이기 싫어 하는 짓이지만 그의 가슴은 안도감으로 가득 찼다.

이튿날.

병호는 상관에 소속된 일본인 통역의 초청을 받고, 정사, 부사 두 사람과 통역 및 수행원들을 데리고 네덜란드 상관으로 향했다. 물론 사전에 부교의 허락은 득한 상태였다.

아무튼 병호가 상관에 들어서니 전에 못 보던 백발의 노인(?)이 그를 맞았다. 직감적으로 병호는 이 사람이 바타비아 총독임을 알았다. 그런데 하나의 의문은 이 사람도 상당히 나이가 많이 들어보였기 때문에, 화란은 노인들을 중용하는가 하는 생각을 내심했다.

"반갑소! 어서들 오시오! 나는 네덜란드령 동인도 총독 요하네스 반 덴 보스(Johannes van den Bosch)라는 사람이오."

"대사 김학성이라 하외다."

"부대사 신관호요."

두 사람의 인사에 이어 병호는 자신의 차례가 되자, 먼저 악수를 청하며 자신을 소개했다.

"서장관을 맡고 있는 김병호라 합니다."

"하하하……! 서양 예법에 밝은 사람도 있군요. 자, 자, 일단 안으로 드실까요?"

그의 청에 의해 응접실인 듯한 곳으로 들어가니, 그곳에는 이미 탁자에 포도주와 일본산 과일 그리고 양과자 등이 진열되어 있었다.

"자, 차린 것은 없지만 포도주나 들며 이야기를 나눕시다."

그렇게 말한 덴 보스는 스스로 글라스에 포도주를 따라 마시며 권하는 법이 없었다. 이에 병호가 따라하자 눈치를 보던 두 사람도 따라 했고, 동석한 상관장 핸드릭 두프도 포도주를 따라 천천히 음미하며 마셨다.

이때 조선 사신단을 휘둘러보던 덴 보스가 잔에서 입을 떼며 말했다.

"시일이 오래 걸려 미안합니다. 마침 총독의 교체기에 귀국의 소식을 들었는지라, 내가 부임하고 나서야 올 수 있었소."

이후 장황하게 이어진 그의 자랑삼아 한 이야기를 종합하면 대충 이런 내용이었다. 우리나라 나이로 금년 65세인 그는 공병(工兵)으로서 자바에 건너가 역대 총독의 부관으로 근무하다, 1810년 귀국하여 1818년 식민지 연구서 '아시아·아메리카·아프리카의 네덜란드 속령(屬領)'이라는 논문을 발표했다.

이 논문이 왕에게 인정을 받아 1830년 동인도 총독으로 임명되었다. 그리고 3년을 재임하다, 귀국 후 1834~1839년까지 식민장관을 지냈다. 그러던 중 그의 저서 내용대로 실행되던 '강제 경작 제도(Cultivation System)'가 잘 시행되다가 완화되는 조짐을 보이자, 원기획자인 그가 다시 총독에 임명되어 왔다는 것이다.

그의 강제 경작 제도라는 것은 식민지 농민들에게 강제적으로 국제 상품인 차, 커피, 담배, 사탕수수, 쪽 등을 20%의 소작료를 받는 조건으로 생산시켜, 본국에 또 이를 독점적으로 판매하는 일종의 플랜테이션(Plantation), 즉 재식 농업 형태였다.

네덜란드 본국은 이렇게 경작한 작물을 헐값에 사들여 유럽에 판매함으로써 급속히 재정을 회복하였다. 반면 강제 경작 작물을 위해 자신들의 농토 일부(1/5~1/3)를 강제로 할당하고, 1년 중 120일 이상을 그 땅의 작물을 위해 노동해야 하는 식민지 원주민들은, 노동력을 착취당하고 작물도 거의 수탈에 가까운 헐값에 팔아야 했다.

따라서 원주민들은 강제 경작 작물로 인해 주식인 쌀 재배

면적이 급속히 줄어들어 식량난과 함께 생활은 더욱 궁핍해졌다. 강제 재배 제도는 이러한 부작용 때문에 식민지 농민들의 강한 저항과 함께, 본국의 지식인과 중산층들에게 많은 비판을 받게 된 것이다.

따라서 이를 더욱 완화시키기 위해 자신이 다시 임명되어 왔다는 내용이었다. 아무튼 그의 장황한 설명에 김학성과 신관호가 연신 포도주만 마시고 있는데, 병호만은 그의 말을 맞장구치며 열심히 경청해 주었다.

이것이 마음에 들었는지 덴 보스가 말했다.

"당신은 참 말을 잘 하는 사람이군!"

맞장구친 것밖에 없는데 말을 잘 하다니, 내심 어이가 없었지만 일단 그의 기분이 좋은 것을 보고 병호가 말했다.

"여기 상관장님으로부터 서로 통상하자는 내용은 들었을 것입니다. 이에 대해 총독 각하께서는 어떤 의견을 갖고 계신지요?"

"백번 환영이죠."

"좋습니다. 이에 양국이 호혜 평등의 원칙에 입각하여 교역을 행함에 있어서, 나는 총독 각하에게 몇 가지 사업적 제안을 하려 합니다. 응하시겠습니까?"

"일단 들어나 봅시다."

"험, 나는 고무 농장 플랜테이션 사업의 합작과 함께 클리퍼(clipper)라 불릴 쾌속 범선의 합작 건조를 제안하는 바입니다."

"고무 농장과 쾌속 범선 모두 처음 듣는 사업 아이템이로군요."

"라텍스라는 천연고무는 아마존의 셀바스 지역에만 조금 생산되고 있는데, 이것이 앞으로 유망 산업이 될 것입니다. 따라서 이 고무나무를 어느 한 지역을 선정하여 대대적으로 식재하고 가꾸어, 싼 인건비를 이용하여 채취하자는 것입니다. 또 쾌속 범선이라는 것은 별것 아닙니다. 폭에 비해 선체를 길고 날렵하게 하고, 여기에다 적하능력을 제한함으로써 배의 속도를 더욱 높이면 되는 것입니다. 이렇게 되면 그 빠른 속도로 적재량 이상의 이득을 볼 것이라 생각합니다."

"흐흠……! 참으로 기발한 착상인데, 고무나무 씨앗은 또 어떻게 구할 것이오?"

"이미 확보해 놓았습니다."

"그래요? 참으로 철저히 준비하고 덤비는 것을 보아하니 귀하도 보통은 넘는 것 같소. 자, 그건 그렇고 어느 지역에 고무나무를 심길 원하오?"

"수마트라입니다."

"엉? 그곳은 아직 우리가 점령하지 못한 곳인데?"

덴 보스의 말 그대로였다. 자바 섬은 이들이 이미 점령해 그곳을 근간으로 계속 식민 사업을 확대하고 있지만, 수마트라만은 이들이 1872년이나 되어야 점령하는데, 병호는 그 안에 군사력을 키워 이 섬을 완전 정복할 계획을 세우고 있었다.

병호가 이 섬에 유난히 눈독을 들이는 이유는 그곳에 식재될 고무나무도 고무나무지만, 그 섬에 석유가 난다는 사실에 주목하고 있었다.

즉 메단 지방을 중심으로 현재 고무 농원이 대규모로 조성되어 있으니 고무나무가 잘 자랄 것은 의심의 여지가 없는 데다, 팔렘방, 잠비, 아체 유전이 있고, 여기에 금, 은, 철, 안티몬, 코발트, 석탄, 철광, 천연가스 등 무한한 자원이 있으니, 이를 염두에 두고 점령 계획을 세우고 있는 것이다.

제2장
최첨단 무기

아무튼 병호는 덴 보스가 수마트라를 아직 점령하지 못했다는 말에 자신의 견해를 밝혔다.

　"화란의 군사력이라면 능히 점령하고도 남을 것입니다. 그렇다고 그 넓은 섬 전체를 점령할 필요는 없고, 나무를 식재할 공간 정도만 정복해 군사를 배치한다면 그렇게 어려운 일도 아니잖습니까?"

　"아주 철두철미하게 준비했군. 하면 쾌속선 사업은?"

　"고무나무를 식재하려면 어차피 기존 원목을 베어내야 할 것입니다. 하면 나는 이것을 클리퍼 제작에 사용하고자 합니다."

"일석이조로군."

"그렇습니다."

"참으로 좋은 제안이오만, 생산하는 것도 중요하지만 판로
도 문제 아니오?"

"거기서 장차 생산될 고무는 전량 우리가 수입할 것이고,
쾌속 범선 또한 우리가 일단 30척은 수입할 의사가 있습니다.
그러는 동안이면 쾌속 범선의 실용성이 널리 알려져 여기저기
서 주문이 들어올 것이라 확신합니다."

"하하하……! 형제의 이야기를 들으면 들을수록 형제가 무
서운 사람이라 느껴지는군. 아무튼 좋소. 이런 빈틈없는 사람
과 사업을 한다면 확실히 실패할 확률이 적지. 음……! 어떤
방식으로 합작을 하면 좋겠소?"

"60 : 40 어떻습니까? 물론 우리가 60%의 지분이죠."

"상투적인 수법이군. 나는 장사꾼이 아니라 줄 달리기는 즐
겨하지 않소. 내 딱 잘라 말하지. 51 : 49의 지분 그대로 이익
금 또한 똑같은 비율로 나누어 갖는 것이오. 물론 우리가 51이
고, 필요한 만큼의 수마트라 점령은 내게 맡기시오."

이 사람의 성격이 두부모 자르듯 정확한 것을 좋아하고, 더
구나 실랑이를 벌이는 것은 상인 고유의 습성으로 생각하는
것을 보고 몇 %의 지분의 더 갖기 위해 연연하지 않는 대신,

자신에게 유리한 조건을 첨가하기로 했다.

"좋소. 그 대신 파견될 군대로 하여금 인력을 구해주고 그들의 통제도 해주었으면 좋겠습니다."

"당연하지. 이 먼 조선에서 그들을 관리하려면 그 비용이 훨씬 더 많이 깨질 것이오. 어떻소? 나도 상식이 통하는 사람이지?"

"하하하……! 그렇습니다."

"그 외 다른 사항은 없소?"

"거기에 설탕 사업도 포함시켰으면 좋겠습니다."

"그것은 우리가 이미 충분히 기반을 닦아 놓은 것인데?"

"합작 공장에서 생산되는 설탕에 한해 우리가 전량 수입하겠습니다."

"요는 소비처라는 막강한 무기를 들고 숟가락 하나를 더 얹자는 이야기군."

"우리 조선은 유독 네덜란드에게만 문호를 개방하고 있습니다."

"하하하……! 좋소, 좋아! 수많은 유럽 열강 중 우리에게만 특혜를 준다니 우리도 그에 상응하는 보답을 해야겠지. 허락하오. 또 있소?"

"이미 상관장님과 논의를 했습니다만 다수의 서양 의사나 화학자, 생물학자, 예를 들면 파스퇴르나 여타 공학자들도 좋

습니다. 이런 사람들을 조선에 많이 파견하여 우리를 계도해
줬으면 좋겠고, 또 우량 품종의 젖소도 원합니다."

"몇 마리나?"

의사나 학자들은 반응치 않더니 팔아먹을 것에 대해서는
민감하게 반응하는 덴 보스였다.

"일단 1,000두 정도면 되겠습니다."

"하하하……! 배짱도 보통이 아니오. 생물이라 좀 비쌀 텐
데 말이오. 오가다 폐사하는 것을 감안하면 생물이 비쌀 것
이라는 것은 감안하고 요구하는 것이겠지요?"

"물론입니다."

"좋소. 가능한 많은 지식인들을 보내 드리지. 그나마 우리
의 무기를 원하지 않는 것이 이상할 정도요."

"나름 개발하고 있습니다."

"허허, 듣기로 이탈리아 유리 장인들을 데려가더니, 판유리
는 대량생산 방법을 유럽에 기술 전수해 줬다 쳐도, 내열유리
에 안전유리까지 개발해 종주국 장인들을 우습게 만들었다면
서요? 종이 분야도 그렇고. 그렇게 보면 우리가 또 무기까지
수입하는 날이 오는 건 아닌지. 솔직히 그런 면으로 보면 조
선이 두렵기도 하오."

이곳에 오기 전 조선에 대해 많은 공부를 하고 왔는지 덴
보스 총독은 의외로 조선에 대해 아는 것이 많았다.

"우리 조선이 유독 네덜란드에게만 문호를 여는 것은 그만큼 믿기 때문이니, 군사 분야에서도 많은 도움을 주었으면 합니다. 하면 우리 조선이 떨치고 일어서는 날, 결코 배은망덕하게 굴지는 않을 것입니다."

"당신의 지식을 보면 우리나라가 유럽에서는 약소국에 속한다는 것은 충분히 알고 있을 것 같소. 그럼에도 불구하고 우리를 좋게 보는 것에 나도 깊은 우정을 느끼며, 군사 분야의 교류도 협력할 수 있으면 협력하는 것으로 합시다. 단 이 분야는 서로의 믿음이 더욱 깊어져야 하니, 세월이 좀 더 흐른 후에 논하는 것으로 합시다."

"배려에 감사드립니다."

"자, 자, 이제 사업 이야기는 그만하고, 포도주를 마시며 즐깁시다. 오늘만 날이 아니니."

"알겠습니다."

이렇게 되어 이때부터는 술을 마시며 잡다한 이야기로 시간을 보내게 되었다. 그런데 대화 도중 병호는 앞으로의 계획을 이야기하게 되었고 이 이야기를 들은 텐 보스가 펄쩍 뛰었다.

"당신 미쳤소?"

"무슨 얘기요?"

그런데 답은 엉뚱하게도 상관장 핸드릭 두프가 들려주었다.

"이곳 나가사키만 해도 8월에서 10월까지는 태풍 철이라 모든 배들이 원양항해는 떠나질 않습니다. 아마도 총독 각하께서는 이것을 지적하는 것 같습니다."

"그렇소!"

'아, 그렇구나!'

상관장이 말하는 것은 양력으로 그의 말에는 틀림이 없었다. 만약 지금 다른 나라를 방문하려다 재수 없게 태풍이라도 만나는 날이면 자신의 원대한 꿈은 물론 모든 것이 수포로 돌아갈 것이다.

미처 이걸 계산해 넣지 못한 자신의 불찰을 자책하며 병호는 심각한 표정이 되었다. 이대로 돌아가자니 주상 이하 신료들을 대할 면목이 없고, 그렇다고 여기서 또 3개월을 죽치고 있는 것은 너무나도 시간이 아까웠다.

이래저래 고민에 잠겨 한참 끙끙거리던 병호가 마침내 단안을 내리고 말했다.

"깨우쳐 주서서 고맙습니다. 아무래도 나머지 근린 제국과의 통상협정은 다음 기회로 미루고 일단은 귀국해야 할 것 같습니다."

"현명한 결정이오. 모든 것이 살아 있을 때 이야기지, 죽고 나서 다 무엇이 필요하겠소. 기회는 목숨이 붙어 있는 한 얼마든지 오는 것. 자중자애함이 좋소."

핸드릭 두프 상관장의 말에 다시 한 번 두 사람에게 감사를 표한 병호는 현대적인 지식이 없어 태풍 이야기에 어리둥절한 표정을 짓고 있는 김학성과 신관호에게 태풍에 대한 자세한 이야기를 들려주었다.

그러자 태풍에 대해서는 완전히 이해한 것 같지 않은 표정의 두 사람이지만, 목숨을 잃을 수 있다는 말에는 경각심이 생기는지, 병호가 다음을 기약하자는 말에는 바로 동의를 표했다.

이에 병호는 오늘 모든 것을 정리하기로 하고 말했다.

"상호 출자금도 이 자리에서 확정짓는 것이 좋겠습니다. 우선 초기 비용으로 은 10만 냥씩을 내는 것이 어떻겠습니까?"

"좋소. 그렇게 합시다."

"또 씨앗을 구해온 사람 외 연구생 10명이 있는데 금번에 함께 데려가시고, 고무 농원을 조성할 곳으로는 메단 지방을 중심으로 하는 것이 좋겠습니다."

"허허, 사전에 지질조사까지 한 것이오?"

"수마트라라면 어디서나 잘 자라겠지만, 인력을 쉽게 구할 수 있는 그곳이 좋을 것 같아서요."

"알겠소. 일단 그 지방부터 개발을 하기로 하고 당신이 말한 사람도 데려가기로 하겠소."

"감사합니다."

"또 있소?"

"혹시 네덜란드에서도 증기선을 제작합니까?"

"우리는 아직……!"

고개를 흔들던 덴 보스가 보충 설명을 했다.

"증기선이라는 것이 움직이려면 큰 기관과 석탄의 저장고로 인해 배의 상당 부분을 차지하니, 이로 인해 화물을 적게 싣게 된 화주들이 기피하는 데다, 범선을 운행하는 선원들도 자부심이 대단해 증기선을 달가워하지 않습니다. 그런 관계로 인해 우리는 아직 증기선을 제작하지 않고 있소."

"그렇다면 미국이나 영국 등에서 증기선 한 척도 구매를 부탁드립니다. 대금은 먼저 지불해 주시면 그 이자까지 감안해 조선에 들어오는 날 정산하겠습니다."

"아예 뜯어먹으려 하는군. 하하하……!"

"하하하……!"

덴 보스의 농담에 함께 대소를 터뜨리던 병호가 정색을 하고 말했다.

"부탁하는 길에 한 가지만 더 하겠습니다. 쾌속 범선이 제작되면 우리도 그를 운항할 선원이 필요하니 이들의 연수도 부탁드리겠습니다."

"인력은?

"인력은 추후 파견하기로 하겠습니다."

"연수비는 톡톡히 내야 할 것이오."

"물론 드리도록 하겠습니다."

"이젠 더 할 말 없느냐고 묻지를 말아야겠군. 자꾸 주문이 쏟아지니 말이오."

"하하하……! 이제 드릴 말씀은 다 드린 것 같으니 너무 걱정하지 마세요."

"하하하……! 좋소."

대소와 함께 덴 보스가 갑자기 손을 내밀며 말했다.

"말이 8월이지 대부분 9월부터 태풍이 불기 시작하니 당신들도 가능한 속히 귀국하는 것이 좋겠소. 하고 우리도 내일 바로 귀국할 예정이니 여기서 아예 작별 인사를 나눕시다."

그의 말에 병호가 손을 맞잡으며 말했다.

"조만간 찾아뵙겠습니다. 그동안 몸 건강히 편안하시길 바랍니다."

"좋소! 형제도 편안하길 바라오."

이렇게 병호를 시작으로 서로 돌아가며 악수를 교환하는 것으로 석별의 정을 나누었다. 곧 조선 선박으로 돌아온 일행은 내일 귀국하겠다는 말을 전하고 필요한 준비를 하도록 했다.

그러자 유곽 한 번 가보지 못한 여러 사람들의 입에서 불만의 목소리가 튀어나왔지만, 병호는 아예 이를 무시했다. 잘못해서 성병이라도 옮으면 곤란했기 때문이었다.

아무튼 병호가 냉정히 돌아서는데 다가온 이상적이 말했다.

"드릴 말씀이 있소이다."

"하시죠."

"다름 아니라 경석이를 바타비아로 보내 영어 등 양이의 말을 집중적으로 배우게 하고 싶습니다. 돌아볼수록 이제는 청이 대세가 아니라 양이가 대세인 것을 느꼈기에 그들의 말을 배운 인재가 꼭 필요할 것 같아서요."

"부친과는 의논이 끝난 일입니까?"

"사전에 그런 이야기를 하고 경석이를 데리고 온 것입니다."

"그렇다면 나는 반대할 이유가 없지요. 아니, 쌍수를 들고 환영합니다."

부친 오응현과도 논의가 되었더니 병호는 더 이상 생각할 것 없이, 오경석을 바타비아로 보내 영어와 네덜란드어를 비롯해 여타 익히고 싶은 말을 배울 수 있는 기회를 주기로 하고, 급히 최양업을 화란상관으로 급히 보내 자신의 의사를 전하도록 했다.

머지않아 최양업이 돌아와 덴 보스가 흔쾌히 동의했다는 말을 전하자, 병호는 오경석을 자신의 선실로 불렀다. 곧 선실로 들어온 오경석이 꾸벅 인사를 했다.

"부르셨습니까?"

"탁월한 선택이네."

자신보다 세 살 어리므로 거리낌 없이 하대를 하며 그의 어깨를 두드린 병호가 이어 말했다.

"열심히 배우고 익혀 동량이 되시게. 하고 기왕이면 우리 회사에 취직해 발군의 활약을 해주었으면 좋겠어. 기대하고 있겠네."

"그 부분은 나중에 제 결심을 전하도록 하겠습니다."

"좋아. 중국어가 능통하다는 것은 익히 알고 있고 혹시 왜어도 할 줄 아나?"

"근간에 배웠으나 완전히 익숙하지는 않습니다."

"왜어도 완전히 익히고 능히 영어에 능통해야 하네. 그밖에 프랑스어, 스페인을 배워두는 것이 여러모로 유익할거야. 네덜란드 말보다는."

네덜란드 말은 그들 나라밖에 별로 쓸모가 없어서 작게 말했지만, 그가 네덜란드인들과 어울리는데 이를 안 배울 수는 없는 노릇. 자연스럽게 병호의 말이 작아질 수밖에 없었던 것이다. 아무튼 병호의 말에 고개를 끄덕이며 오경석이 말했다.

"사장님의 말씀, 가슴에 새겨 꼭 필요한 인재가 되도록 노력하겠습니다."

"그래, 타지 생활이 힘들겠지만 꾹 참고 노력하다 보면 좋은 결과가 있을 거야."

"네."

다시 한 번 그의 어깨를 두드리며 격려한 병호는 곧 그를 내보내고, 최양업을 불러 그를 화란상관으로 인도토록 했다. 그리고 병호는 정 부사를 찾아 나가사키 부교에게도 작별 인사를 하러 가자고 말했다. 이에 그들도 동의하여 역관 및 수행원을 데리고 이들은 곧 부교소를 찾았다.

마침 다카하시가 자리에 있어 이들은 곧 귀국 결심을 전하고 작별 인사를 나눌 수 있었다.

"그동안 여러모로 많은 도움을 주어 감사했습니다."

병호의 말에 다카하시가 서운한 표정을 지으며 말했다.

"그동안 정도 많이 들었는데 돌아가신다니 많이 서운합니다. 하지만 회자 정리라, 언젠가는 또 만나겠지요. 내가 이 부교로 있는 한 세 분을 위해서는 언제든 문을 열어 놓고 있을 것이니, 오시면 꼭 들려주시기 바랍니다."

"여부가 있소! 그동안의 환대에 사의를 표합니다."

김학성의 인사에 이어 신관호도 작별의 말을 전했다.

"그동안 진심으로 고마웠습니다."

"별말씀을."

이렇게 작별 인사를 나눈 병호 일행은 그동안 다시 조선에서 가져온 상품도 이미 다 처분했으므로, 바로 다음 날 바로 귀국길에 올랐다.

일본에서 수입한 동과 유황 그리고 화란 상선에서 수입한 설탕을 싣고. 물론 투자금 10만 냥과 범선의 계약금으로 은 5만 냥, 도합 15만 냥을 이익금에서 떼어내 총독에게 지불하기도 했다.

병호는 귀국하자마자 대사, 부대사와 함께 주상을 찾아뵙고 조기 귀국하게 된 경위를 솔직히 고했다. 그러자 주상도 태풍에 휩쓸려 죽으라 말할 수는 없는 노릇이므로, 다음에 기회를 한 번 더 보자는 말로 오히려 세 사람을 위로했다.

곧 궐을 나온 병호는 서장관의 임무의 하나인 그간 행한 내용을 자세히 보고서로 써 올렸다. 이로서 통상사절단의 임무가 모두 끝났고, 조직 또한 해체되었다.

이렇게 되자 병호는 조금 여유로운 시간을 갖게 되었지만 그는 잠시도 쉬지 않았다. 귀국 선상에서 운을 떼었지만 확실한 답변을 듣지 못한 두 사람을 자신의 집으로 초대했다.

즉 중국어 역관 이상적과 왜어 역관 현탁을 장쇠를 통해 부른 것이다. 저녁나절이 되자 현탁이 먼저 병호의 거처를 찾아들었고, 이어 이상적이 들어왔는데 혼자가 아닌 오응현과 함께였다.

병호가 즉시 자리에 일어나 맞았다.

"어서들 오시오."

"불청객도 한 자리 끼러 왔습니다."

병호의 환대에 초대하지 않은 오경석의 부친이며 당대의 유능한 중국어 역관인 오응현이 선수를 쳤다. 이에 병호가 과장되게 환한 웃음을 지으며 말했다.

"아니래도 기꺼이 모시고 싶었소이다."

"환대해 주시니 감사합니다."

"자, 다들 자리에 앉으시고. 그래, 생각은 좀 해보셨소?"

병호의 물음에 현탁과 이상적의 눈이 마주쳤다. 이에 이상적이 먼저 말하라고 눈짓을 하자 현탁이 먼저 입을 떼었다.

"금번 사장님과 왜를 다녀오면서 느낀 점이 아주 많았습니다. 그래서 정말 나라를 위하는 일이 가뭄에 콩 나듯 나라의 부름을 받고 통역을 하는 일이 아니라, 도움이 된다면 사장님과 같은 분 밑에서 열심히 일하는 것이 진정으로 나라를 위하는 길임을 깨닫게 되었습니다. 그래서 소인 혼자만이 아닌 동생도 설득했고, 그 또한 동의했습니다. 사장님, 동생도 함께 받아주시겠습니까?"

"하하하……! 이를 말이오! 적극 환영합니다. 헌데, 동생은?"

"주변 정리를 좀 해야 된다고 해서 함께 오지는 못했습니다."

"좋소. 정리가 끝나는 대로 합류하는 것으로 하고, 그래, 이 공의 의견은?"

"거절할 것 같았으면 초대에 응하지도 않았을 뿐만 아니라, 웅현 아우도 데려오지 않았을 것입니다."

"하면 오 공께서도 우리와 뜻을 함께하시겠소?"

"진즉부터 갈등하던 차였는데, 금번 우선(藕船) 형님의 이야기를 듣고는 확고하게 결심을 굳혔습니다. 사장님과 함께 일하기로."

"잘 생각하셨소."

크게 칭찬한 병호가 잠시 생각에 잠겼다 말했다.

"오늘 합류한 분들에게 현안을 이야기하는 것이 미안하지만, 시급한 현안이 있어 말씀드려야겠소. 음⋯⋯. 진상과의 상권 분할이 마무리되지 않아 차제에 완전히 매듭을 지어야겠소. 이 공이 아는지 모르지만 금번 왜국 방문 시, 청국상인 모임의 대표인 동청상이 합작 제의를 해왔소. 이 이야기가 무슨 이야기냐 하면⋯⋯."

이렇게 운을 뗀 병호가 진상의 교진청과 처음 교섭에 임할 때부터 제기한 상권 분할에 대한 자세한 이야기를 했다. 즉 황하 이북에서 요동까지는 진상, 장강 이북에서 황하 이남은 휘상, 장강 이남은 절상에게 합작 및 판매권을 나누어주자고 했는데, 이걸 진상이 질질 끌고 있으니 금번에 확실히 매듭을 짓자는 이야기였다.

그리고 바로 협상 전술 논의로 들어가 금번에 그들이 꾸준히 제기하고 있는, 유리, 시멘트, 종이의 합작 생산 공장 중, 수출을 하려고 해도 깨질 위험성과 부피 문제로 어려운 유리에 한해, 합작 생산을 허락하는 선에서 협상을 마무리 짓자는 제안을 병호가 했다.

이에 찬반 토론이 있었지만 최후의 패로 이걸 가지고 협상에 임하기로 하고 이상적이 협상 전권을 가지고 곧 북경으로 가기로 했다. 그리고 오응현은 휘방 방주와 만나, 합작 생산 및 판매에 대한 협약을 체결하도록 했다.

또 현탁은 나가시키의 동청상을 만나 그들과 협상에 임하기로 업무 분담을 했다. 이렇게 모든 것이 정리되자 병호는 비로소 주안상을 들여 간단하게 술을 마셨다.

이들이 돌아가자 아직 귀국 보고(?)를 하지 않은 병호는 곧 부인 순영의 거소로 들려 그녀와 마주앉았다.

"오셨다는 이야기를 듣고 이제나 저제나 기다렸습니다, 서방님!"

"왜? 아이를 갖고 싶어서요?"

"서방님도 참……! 그래요. 어서 안아주세요."

병호의 놀림에 얼굴을 붉히며 어이없는 얼굴을 하던 그녀가 오히려 달려들자 물러설 수 없게 된 그가 말했다.

"좋소! 오늘이야말로 성의 진미를 느끼게 해 줄 테니 기대해도 좋소."

"지금도 황홀한데 무엇이 또 남았습니까?"

"물론! 자, 시작할까요?"

"어머, 어머……!"

느닷없이 병호가 달려들며 입맞춤을 해오자 뒤로 넘어가며 순영이 야릇한 음성을 뱉기 시작했다. 그것이 시작이었다. 병호는 종내 싫다고 마다하며 버둥거리는 부인의 샅에 얼굴을 묻고 열심히 애무해 주었다.

그러자 그녀는 역시 무사하지(?) 못했다. 떡 실신을 해 다음 일을 진행하는데 상당한 애를 먹었던 것이다. 이렇게 되어 순영이 혼몽 중에 잠이 들자 병호는 그 길로 일어나 지흥에게로 갔다.

"어머, 서방님!"

병호의 기척에 놀라 튀어나오는 그녀를 쉿! 소리와 함께 단속해 안으로 든 병호는 다짜고짜 그녀의 옷을 벗겨내었다. 그리고 알몸이 된 그녀에게 시킨 일은 처음으로 제대로 된 성인의 성기를 보여주는 일이었다.

이에 놀라 도망치는 그녀를 붙들어다 애무를 시키니 그녀는 그것을 애무하는 것만으로도 장마가 져, 더 이상의 애무가 필요 없게 되었다. 그리고 그다음은 어떻게 되었는지 병호도 잘 모른다. 비로소 모든 피로가 몰려와 나른한 잠에 빠져들었기 때문이었다.

*　　　*　　　*

다음 날.

여느 때와 같이 새벽에 일어난 병호는 주변을 닦달해 햇살이 강물에 파란을 일으킬 때쯤에는 벌써 마포나루에 당도해 고군산군도로 향하고 있었다.

금번 해외로 떠나며 남의 나라 군함 호위하에 제국을 순방한다는 것이 병호는 못내 부끄러웠다. 그렇다고 당장 군사력이 안 된다고 마냥 방구석에만 머무를 수 없어 통섭 교섭을 하려 했지만, 뜻대로 이루어지지는 않았다. 아무튼 이때부터 병호는 굳게 결심한 것이 있었다.

하루라도 빨리 군사력을 키워 어느 나라와 상대해도 지지 않는 강군을 육성하겠다는 계획이었다. 이렇게 되자면 군사의 조련도 조련이지만, 그것에 우선해 우수한 무기며 병선이 있어야 했다.

이에 시급한 주변의 일이 마무리되자마자 병호는 만사를 제쳐두고 비밀 화약 및 무기 연구소로 향하고 있는 것이다. 아무튼 이틀 후 병호가 선유도에 도착하니 오후 새참 무렵으로 아직 해가 많이 남아 있었다.

그곳을 지키고 있던 경비대원의 안내를 받아 병호는 곧장 분지 안에 틀어박힌 비밀 연구소로 향했다. 비밀 연구소 또한 1년 동안 많은 내부 변화가 있었다.

그중 가장 큰 변화는 경비원을 훈련시킬 목적으로 지어진 건물이, 이제는 개조되어 연구원들의 보다 편리하고 안락한 숙소로 개조되었고, 다량의 연구 시설이 용도에 맞게 신축되었다는 점이다.

병호는 많은 연구 시설 중 군대의 탄약고와 같이 실험실 외부를 흙으로 만든 제방으로 둘러싸고 그 위에 잔디를 입힌 한 화약 실험실로 향했다. 병호가 몇 번 와 본 경험에 의하면 이곳이 화약 개량에 있어서 가장 주목하고 있는 아스카니오 소브레로(Ascanio Sobrero)의 실험실일 것이다.

이 사람이야말로 1846년 글리세린에 질산을 작용시킴으로써, 고도의 폭발성을 지닌 기름 상태의 액체를 발견하여 폭약의 신기원을 여는 것은 물론, 다이너마이트를 발명하는데 그 기초를 연 사람이었다.

올해 30세로 여러 유명 화학자들로부터 이미 화학 특히 화약분야에 상당한 지식을 축척하고 있는 그에게, 병호는 보다 빠른 개발을 위해 지나가는 말 비슷하게 그가 훗날 발견하게 될 니트로글리세린제법을 언급했다.

'글리세린에 질산을 작용시켜 보라'는 것은 곧 이것이 니트로글리세린이기 때문이었다. 아무튼 그런 그의 실험실로 향하니 유일하게 터진 입구에서 경비를 서고 있던 경비원 두 명이 병호를 알아보고 꾸벅 인사를 했다.

"안녕하십니까? 사장님!"

"안에 있소?"

"아마 오늘도 열심히 실험하고 계실 것입니다."

"잘하고 있군!"

혼잣말처럼 중얼거린 병호가 이중으로 된 단단한 철문을 통과하자 코를 찌르는 냄새가 확 풍겨왔다. 각종 화공 약품 때문인 것 같았다. 아무튼 병호가 문을 열고 들어섰음에도 소브레로는 실험에 열중하느라 모르고, 그를 도와주는 조선 장인 두 명과 연구생 두 명만이 병호를 알아보고 인사를 했다.

"오셨습니까? 사장님!"

"고생들 많소."

말을 하며 장인 하나를 보니 그는 이미 손목 하나가 날아가 남에게 보이기 싫은지 수피를 끼고 있었다.

이들의 고생에 눈물이 핑 돌 정도로 감격한 병호지만 이를 일절 내색치 않고 아직도 실험에 열중하고 있는 소브레로의 등을 살짝 쳤다. 그럼에도 불구하고 깜짝 놀란 소브레로가 비로소 돌아서며 격하게 반가움을 표시했다.

"아! 오셨습니까?"

"왜 이렇게 반가워하오?"

"드디어 니트로글리세린을 만들었습니다."

"아, 그래요? 그럼 진즉에 알릴 것이지. 그러면 돼지라도 잡아 대대적으로 회식을 하고 봉급도 배는 더 올려줬을 텐데."

"그보다 저도 장가나 보내주십시오. 베세머가 놀리는 통에 못 살겠습니다."

"부러운 것이겠지?"

"사실 부럽기도 합니다."

"좋소! 이번에 성과를 냈다니 내 조선 제일 미녀를 부인으로 안겨주지."

"감사, 감사합니다. 사장님!"

"미녀는 틀림없이 안겨줄 테니, 그만 감사하고 애로사항은 없소?"

"그런데 금번에 발견한 놈이 아무래도 너무 민감해 그대로 사용하기에는 좀……."

"거기에 규조토를 첨가해 보시오."

"네?"

"하면 보다 안전한 폭약이 될 것이오."

"정말입니까? 사장님!"

"내 조언에 의해 니트로글리세린도 발명하지 않았소?"

"못 믿어서가 아니라, 머리털이 빠지도록 나는 갖가지 실험으로 고생하고 있는데, 사장님이 툭툭 던지는 한마디에 모든 것이 해결되니 신기해서요."

"하하하······! 그걸 나는 '다이너마이트'라 명명하고 싶소. 그리고, 거기에 만족해서는 안 되죠. 니트로글리세린에 니트로셀룰로오스를 젤라틴화 하면 보다 취급하기 용이한 다이너마이트가 최종 완성될 것이오."

병호가 아무 설명 없이 니트로셀룰로오스를 언급하는 것은, 이미 그것이 1838년에 발견되어 그도 알고 있기 때문이었다. 병호의 주문은 여기서 그치지 않았다. 미처 그가 반응을 보이기도 전에 다른 제품을 또 언급하고 있었던 것이다.

"뇌홍(雷汞)을 기저로 한 동제 탄환도 이 기회에 만들었으면 좋겠소."

말과 함께 병호는 실제 탄환 모양을 그림으로 그려 보여주었다. 뇌관과 분리될 뾰족한 탄환 모양까지. 그리고 물었다.

"어떻소? 만들 수 있겠소."

"그 안에 들어갈 화학적 조성이 문제겠지만, 가장 중요한 뇌홍을 알고 있고 실제 탄환 모양도 봤으니, 여러 실험을 거치면 만들 수 있을 것 같습니다."

"바로 그거요. 그런 자신감만이 모든 것을 만들 수 있는 원천이오. 그러자면 좀 더 내적으로 안정이 되어야 하니, 내가 한양으로 돌아갈 때 함께 올라가, 수백 명 중 신부 하나를 택할 수 있는 영광을 주겠소."

"정말입니까? 사장님! 감, 감사합니다!"

연신 고개 숙여 절하는 그의 어깨에 병호는 하나의 숙제를 더 내주었다.

"흑색화약과 면실을 이용하여 도화선도 만들었으면 좋겠소."

"만들어보죠."

자신만만하게 대답하는 그를 보고 병호는 활짝 미소 지었다. 여기서 병호가 뇌관을 만들라 할 때 언급한 뇌홍은 이미 1800년도에 발견된 물질이라, 그가 아무런 이의도 제기하지 않았던 것이다.

아무튼 병호는 이후에도 그와 그곳에 있던 조선인들과 한동안 이야기를 나누고 격려했다. 그리고 병호가 다음으로 향한 곳은 베세머의 연구실이었다.

"수고가 많소!"

"아, 사장님! 완성됐습니다, 완성……!"

"뭐가?"

"사장님이 알려주신 대로 만들었더니 브로칭머신(broaching machine)이 완성되었다는 말입니다."

"아, 그거! 어디 좀 봅시다."

"네, 저쪽에 있습니다. 가보시죠."

"그럽시다."

곧 베세머가 병호를 데리고 간 곳은 한 공작기계 앞이었다.

"음, 잘 만들었군. 그래 저걸로 실제 총열을 깎아는 보았소?"

"물론입니다. 이것입니다."

실제로 베세머가 건네주는 총신을 들고 바라보니, 그 안에 나사산 모양이 선명하게 나 있었다.

여기서 베세머가 언급한 브로칭머신이라는 것은 브로치라고 하는 특수한 공구를 사용하여 절삭가공을 하는 공작기계다. 비교적 복잡한 모양을 하고 있는 가공물의 내면 또는 표면을 절삭 가공할 때 이용한다.

또 브로치라는 것은 가공하는 모양과 비슷한 많은 날이 차례로 치수를 늘리면서 축선 방향(軸線方向)으로 배열되어 있는 봉 모양의 공구로, 이것을 브로칭머신의 축에 장치하고, 축 방향으로 밀거나 끌어당겨서 가공하는 것이다.

병호가 현대식 총을 만들면서 가장 고심한 부분이 이 총열을 어떻게 하면 보다 쉽게 대량생산을 할 수 있느냐는 것이었다. 다른 부품을 제작하는 것은 선반 밀링, 연삭기는 물론 심지어 드릴링 머신까지 만들어 사용하고 있으니, 크게 문제가 되지 않았다.

하지만 총열만은 이게 쉽지 않아 고심하다가 떠올린 것이

옛날 기계공학을 공부하면 배운 이 브로치라는 가공 방식이었고, 그 연장 선상에서 브로칭머신을 떠올렸던 것이다. 이는 그의 과거와 무관치 않았으니 그는 실제 여러 직업을 전전했다.

그중의 하나가 소위 '마찌꼬바(まちこうば: 町工場: 시내에 있는 작은 공장)라는 철공소 영업도 한 삼 년 정도 했다는 점이었다. 그전에 그는 광산에서 감독 생활도 한 삼 년 정도 했다. 대학을 졸업하기 전에 벌써 광산에 취업을 하여 감독 생활을 한 것이다.

광종은 철광이었다. 아무튼 광산 감독 생활을 하려면 두 개의 자격증을 따는 것이 유리했다. 하나는 '광산보안기사' 자격증이고, 하나는 '화약기사'였다. 이 과목 중에는 채광학도 있지만 전기, 기계, 화약 등 많은 과목을 공부해야 한다.

물론 전생의 병호는 두 개의 자격증을 모두 따 어깨에 힘을 주고 근무한 적이 있다. 그러고 나서 병호가 입사한 것이 어찌어찌하다 보니 종업원 30명 정도 되는 철공소였다.

그는 이곳에서 영업을 하기 위해 실제 현장에서 6개월 동안 공작기계를 만지며 연수를 거쳤다. 그래서 누구보다도 공작기계에 대해서는 잘 알고 있었던 것이다.

아무튼 총신을 제작했으니 이제 최첨단 총을 제작하는 것은 물론 대량생산에도 문제가 없을 것이다. 병호가 지금 제작하려는 총은 1836년에 독일의 발명가인 드라이제(Johann von

Dreyse)가 설계한 바늘 총(needle gun) 정도가 아니었다.

최소 M1이나 잘하면 연발 사격이 가능한 M16정도의 소총을 제작하려고 하고 있는 것이다. 병호가 실제 군 생활을 한 70년대 후반에서 80년대 초까지 논산 훈련소에서는 M1을 가지고 훈련을 했다.

그리고 자대에 배치되어 받은 것이 M16이었고, 제대 후 예비군이 되어서는 카빈소총을 지급받았다. 그러니 그로서는 다양한 총기를 만질 수 있는 경험이 있었다.

아무튼 이 중에서 병호가 가장 많이 다룬 것이 M16이었다. 정비 시간이면 수없이 분해 소제한 것이 이 총이니 지금도 분해 조립을 할 정도였다. 따라서 이를 부품 하나하나까지 그림으로 그려 보여주는 것은 문제가 아니었다. 물론 그림은 화원들을 통해 반복 수정해 그렸지만 말이다.

아무튼 이러니 M1을 넘어서 M16총이 제작될 것이나, 문제는 가스 압력과 반동에 의해 실제 연발 사격이 가능하냐와, 탄창에 들어갈 용수철이 그 성능을 제대로 발휘하느냐에 있었다.

이 모든 생각에서 깨어난 병호가 베세머에게 물었다.

"실제 제작된 총이 있소?"

"소총 제작 연구소에는 있습니다. 가보시겠습니까?"

"그보다, 대포의 포신도 가공이 가능하오?"

"길게 할 때는 2개 내지 여러 개의 조립 브로치로 한다면 포신도 충분히 제작 가능하고, 실제 제작해 봤습니다."

"하하하! 이거, 조선 제일 미녀를 아내로 얻은 값을 톡톡히 하고 있군."

병호의 칭찬이 아니더라도 그는 실제 그의 생애를 돌아보면 대단한 발명가였다. 아버지와 함께 자동 스탬프 기(自動 Stamp 機)를 발명한 것은 물론 이미 활자 주조기를 개량한 적이 있었다. 그 이후에도 그는 수많은 발명품을 완성하여 특허를 얻은 것만도 무려 1백 20여 종이나 되었다.

특히 그를 세계적 발명가 반열에 올려놓은 것은, 주지한 바와 같이 1860년에 발명한 베서머 로(爐)라는 전로(轉爐)에 의한, 강철의 대량생산 방식(베서머 제강법)으로 제강 기술에 신기원을 이룩한 것이다.

이 방법을 그가 아닌 병호에 의해 그의 손으로 조선에서 이미 시현되었으니, 질 좋은 강철로 성능이 뛰어난 대포나 총을 만드는데 있어서 아무런 하자가 없었다.

아무튼 베서머로부터 대포의 포신까지 가공했다는 말에 크게 고무된 병호는, 그에게 그가 꿈꾸고 있던 대포에 들어갈 포탄을 소브레로와 함께 만들어 보도록 했다.

물론 이미 제반 여건이 성숙해 있으니 작열탄을 만들려는 것이다. 지금 양이들의 대포가 커다란 쇠구슬을 토해내는 것에 비하면, 하늘과 땅만큼의 차이가 있는 자체 폭발력을 지닌 포탄을 쏘아내는 대포를 제작하려는 것이다.

병호는 곧 베세머를 데리고 소총 제작 연구소로 향했다. 병호가 그 안으로 들어서니 수십 대의 공작기계가 돌아가는 소음에 정신이 하나도 없을 지경이었다. 수입한 공작기계가 모두 이곳에 몰려 있지 않나 싶을 정도였다.

그러나 실제는 그렇지 않았다. 수입한 100개의 공작 기계 중 각각 10개는 계속해서 공작기계만을 생산하고 있었고, 보다 성능이 개량된 우수한 품질의 조선제 공작기계를, 병호는 최우선적으로 이들 비밀 연구소에 배치한 결과였다.

그리고 이곳에 공작기계가 유독 많은 이유는 한 사람의 장인이 하나의 부품을 만들어 상호 호환성을 갖기 위해 정밀하게 만들기 위해서였다. 정밀하게 만들기 위해서는 그것을 측정할 수 있는 정밀 계측기가 필수였다.

따라서 병호는 마찌꼬바에서 사용했던, 버니어캘리퍼스와 마이크로미터를 제작해 1/100mm의 오차까지 측정할 수 있게 해주었다. 아무튼 병호의 등장에 새로 부장에 임명된 니콜라이 루비히가 소리를 지르는 바람에 공작기계가 일시에 가동을 멈추었다.

니콜라이 루비히는 프러시아 즉 훗날의 독일 출신으로 1824년에 개발된 드라이제 소총 제작 공장에서 일했다는 경험에 의해, 소총 제작 연구소의 부장으로 특채된 사람이었다. 그런 그가 어눌한 조선말로 인사를 해왔다.

"오셨습니까? 사장님!"

"베세머의 말로는 신형 총이 완성 단계에 들어갔다는데?"

"네. 보시겠습니까?"

"그럽시다."

병호의 대답에 그가 앞장을 서서 별도의 방으로 일행을 안내해 갔다. 곧 방 안에 들어서니 10여 종이 넘는 각기 다른 총이 진열되어 있었고, 그중 루비히는 가장 끝의 총을 집어 들어 병호에게 건넸다.

외형이 M1 비슷하게 생긴 놈을 병호가 꼼꼼히 살펴보고 있는데 루비히가 말했다. 이때부터는 함께 수행한 최양업이 통역을 했다.

"사장님이 들고 계신 것이 가장 최근에 완성된 제품으로, 탄약만 성능이 개량된다면 연속해서 단발 사격은 가능합니다."

루비히의 말대로라면 연사 속도는 M1정도의 성능을 가지고 있다는 말에 병호가 물었다.

"지금은 종이 탄약이라 그것이 불가능하다는 말 아니오?"

"그렇습니다."

"자동으로 연발 사격은 불가능하오?"

"탄약이 개량된다는 전제하에 보다 부품을 정밀하게 만들고, 스프링의 성능을 개량한다면 그것도 가능하리라 봅니다."

"오호! 아주 좋소! 훌륭하오. 그런데 무게가 조선 사람이 사용하기에는 좀 무거운 느낌인데?"

"총신의 길이도 줄일 수 있으면 좀 더 줄이고, 여타 줄일 수 있는 것을 최대로 줄이면 보다 가벼워질 것입니다."

"이곳에 사용된 나무는 무슨 나무요?"

"여러 나무를 시험해 보았지만, 떡갈나무가 조직이 치밀하고 단단해 가장 좋은 것 같습니다."

"흐흠! 좋기야 좋겠지만 아마 그 나무가 그렇게 조선에 많이 자생하지는 않을 것 같소. 가능하다면 참나무로 대체하는 것도 한번 연구해 보시오."

"알겠습니다."

"머지않아 구리 탄환이 만들어 질 것 같으니 그 안이라도 연속 발사가 가능하도록 개량해 주었으면 좋겠소."

"알겠습니다."

병호가 이렇게 자동 사격 소총을 굳이 간절하게 원하는 이유는 역사적 경험 때문이었다. 6.25 전쟁에서 한국군과 미군은 인해전술로 밀고 내려오는 중공군을 맞아 얼마나 고전했던가.

미군은 제2차 세계대전에서 M1소총을 채용하면서 세계 최초로 반자동소총을 보병의 제식 무기로 사용했다. 미군은 한 발 더 나아가 경량에 자동으로 사격이 가능한 소총을 제식 소총으로 채용하고자 여러 차례 시도했지만 매번 실패했다.

그 결과 미군은 한국전쟁에서 커다란 손실을 입고 말았다. 중공군의 인해전술에 미군의 M1소총은 적절한 해답이 아니었다. 8발짜리 탄창의 M1소총은 아무리 능숙한 사수라도, 1분에 58발을 쏘는 것이 한계였다. 아무리 열심히 적군을 맞히더라도 결국 미군과 한국군은 뒤로 밀릴 수밖에 없었던 것이다.

이와 같이 병호는 다시 조선과 청국이 맞붙는 상황을 가정하지 않을 수 없었다. 그들의 인구 이미 4억을 넘어섰는데 조선의 인구는 최대한으로 잡아도 1,300만 명에 지나지 않는다.

그러니 또 조선과 청국이 맞붙으면 6.25와 똑같은 현실이 재현될 것은 불문가지. 따라서 병호는 그 타개책으로 분당 수백 발을 쏟아 부을 수 있는 강력한 소총을 원하고 있는 것이다.

그럼 아마 볼 만한 전쟁이 될 것이다. 지금 현재 가장 최신식 총은 프러시아가 금년 제식소총으로 채택된 드라이제 소총이다. 이 소총만 해도 15년 후 즉 1866년 프로이센과 오스트리아간의 7주 전쟁에서, 프로이센군은 약 1만 5천명이 전사하는 정도의 피해를 입지만, 오스트리아군은 4만 명을 전사시키고 10만 명을 포로로 잡는 대승을 거둔다.

당시 오스트리아는 전장식 소총을 사용한 결과 적이 엎드려쏴, 앉아쏴 자세로 사격을 할 수 있는데 반해, 그들은 오로지 서서쏴 자세로 사격할 수밖에 없었던 것도 승패에 지대한 영향을 미쳤을 것이다.

아무튼 이런 최신식 소총이라는 드라이제도 이럴 진데 이보다 못한 전장식 소총을 사용할 청나라와 군대와 맞붙는다면 아마 볼만한 싸움이 될 것이다. 아군이 수백 발을 퍼부을 수 있는데 반해, 그들은 분당 1~2발을 쏘는 것이 고작일 테니 말이다.

아무튼 병호는 크게 만족해 대소를 터뜨리며 말했다.

"오늘 돼지 다섯 마리를 잡아 이곳 연구소 전원이 푸짐하게 먹을 수 있도록 하오."

"감사합니다, 사장님!"

"하하하! 좋소, 좋아!"

모든 것이 예상보다 빠르게 진척되자 크게 흥이 난 병호는 대소를 터뜨리며 그곳을 나오니 벌써 해가 서산에 기울고 있었다.

이에 병호는 모든 연구원들에게 오늘은 연구를 마치도록 하고, 자체 잔반을 이용해 사육하고 있는 돼지 다섯 마리를 잡아 크게 잔치를 열도록 했다. 그러나 술만은 그 양을 제한하도록 했다.

모두 위험한 물질을 취급하고 있거나 공작기계를 만지는 사람들이 과음으로 인해 그 이튿날이라도 실수가 있어서는 안되기 때문이었다. 아무튼 머지않아 잔치가 시작되었고 병호는 이 자리에서 각 연구원들을 치하하고 다니며 그들의 사기진작에 애썼다.

다음 날.

병호는 대포 제작 연구소를 방문하고 또 한 번 큰 기쁨을 맛보았다. 순수한 조선 장인과 연구원들로 이루어진 이들이 병호가 일러준 대로 거의 완벽한 대포를 재현해 놓았기 때문이었다.

물론 대포란 것 자체가 개인화기의 연장 선상에 놓여 있는 것이기 때문에, 베세머나 루비히의 지도를 받아 제작된 것이기만 하지만, 실로 뛰어난 성능의 대포를 만들어 놓은 것은 사실이었다.

즉 기존의 육중한 활강식 화포 대신에, 포신 내부에 홈을 파서 포탄이 회전하면서 정확한 방향으로 날아갈 수 있도록 하는 강선형 포신에, 포탄을 포신의 뒤쪽에서 장약과 함께 장전하여 폐쇄하게 된 폐쇄 장치, 즉 경첩을 달아 고리로 잠그게 하는 방식과, 나선형의 홈에 나사 모양의 마개로 밀폐시키는 강철제 포를 만들어 놓은 것이다.

여기에 발사시의 반동을 흡수하기 위하여 포신을 후퇴시키는 주퇴복좌기(駐退復座機) 및 장차 군함에 장착될 것은 포가(砲架)가 레일을 타고 주르르 밀렸다가, 다시 밀면 원위치 되는 구조로 제작되어 있었다.

여기에 장차 개발될 폭발강도가 구비된 무연(無煙) 장약의 포탄이 완성된다면, 그야말로 날개를 다는 것으로 이때부터는 조선의 대포를 당할 자, 최소 반세기 동안은 없을 것이다.

이렇게 되면 이제 증기선을 개발해 최첨단 대포를 싣고 해양을 누비는 일만 남았다. 이런 생각을 하니 급해진 마음에 병호는 이제 급히 증기선 연구소로 향했다.

이 증기선 연구소는 기존 증기기관을 만들었던 장인과 연구생들을 분리해 이곳에 유치한 것으로, 이들이 과연 어느 정도의 성과를 내고 있는지 궁금해 그의 발걸음이 빨라졌다.

그러나 이곳을 방문한 병호는 결과적으로 실망만 하고 말았다. 아직 증기선 개발이 초보 단계에 머물러 있었기 때문이었다. 그래도 병호는 크게 실망하지는 않았다.

바타비아 총독에게 주문한 증기선이 들어오면 이것을 세밀히 분해해 살펴본다면, 최소 그와 똑같은 증기선을 만들 것이라 확신했기 때문이었다. 이렇게 연구소 방문을 마친 병호는 약속대로 소브레로를 데리고 한양으로 향했다.

한양으로 돌아온 병호는 약속대로 홍순겸을 시켜 299명의 기생 중 하나를 고르게 했다. 또 두 사람이 신접살림을 차릴 수 있도록 고군산군도 내에 집 한 채를 지어주도록 했다.

숨김없이 기뻐하는 소브레로와 홍순겸을 보내고 병호가 잠시 한숨 돌리려는데 장쇠가 와서 고했다.

"송상의 전계대행수께서 오셨는데 어찌할까요?"

"그가 뭐하러 왔지?"

혼잣말처럼 중얼거리던 병호가 말했다.

"일단 들라고 하시게."

"네, 나리!"

장쇠가 나가고 잠시 후에 공영순이 들어왔다.

"어서 오시오. 갑자기 어쩐 일이십니까?"

"왜에 가서도 많은 활약을 했다 들었습니다."

"별말씀을."

"다름이 아니오라 무역선의 무장 때문에 찾아뵈었습니다."

"무장?"

미처 생각지 못한 문제를 제기하자 병호가 되묻고 멈칫하는 사이 공영순이 소상히 말했다.

"금번에도 출항을 하려고 하니 또 무기 휴대를 하지 못하게 하는 바람에 애로사항이 많습니다. 다른 나라 선박들은 모두 무장을 하고 다니는데 유독 조선만 무장을 허락하지 않는 관계로, 초창기 몇 번 해적들에게 피해를 본 이래로는 청나라 선박과 함께 다니고 있는 실정입니다. 이러니 어찌 제대로 된 무역이 되겠습니까? 앞으로 왜와도 무역을 하려면 이런 불합리한 규제부터 풀어주어야 하지 않을까 해서요."

"흐흠……!"

잠시 생각하던 병호가 말했다.

"좋소. 아니래도 이제 왜나 화란 선박까지 강화도에 입항하면 많은 문제가 생길 것이니, 내 주상을 뵙고 아국 선박의 무장 문제도 거론하리다."

"감사합니다. 사장님!"

"앞으로 왜나 화란과도 거래를 하려면 무역선을 대폭 늘려야 하지 않겠소?"

"네. 조선의 수출품도 예상보다 훨씬 빠르게 느는 관계로 금번에 10여 척 이상을 사들이려 합니다."

"그러나 저러나 경상에서는 조선공을 양성한다고 해외로 장인들을 파견하는 것 같더니 꿩 구워먹은 소식이고… 이럴 때 우리 조선 공업이 제대로 발전해 있다면 큰 수혜를 보는 것인데……."

"그렇죠. 우리 송상만이 아니고 경상, 내상, 만상 할 것 없이 너도나도 무역에 뛰어드는 바람에 선박의 수요는 넘쳐나는데 참으로 안타까운 일입니다."

"우선은 우리가 만들 수 있는 2천석 정도의 배라도 첨저형으로 열심히 만들어 외국으로 빠져나가는 돈을 줄일 수밖에요."

"건조되는 시간보다 물동량이 빠르게 느니 문제죠."

"항차는 내 조선 공업도 크게 발전시킬 것이니 너무 낙담하지 마세요."

"알겠습니다. 그럼……."

"멀리 안 나가리다."

"다음에 또 뵙겠습니다."

그가 나가자마자 병호는 입궐 차비를 하여 궁으로 향했다. 병호가 대궐로 들어와 독대 신청을 하고도, 근 반 시진을 희정당 밖에서 서성거려서야 주상의 들어오라는 명이 떨어졌다.

"강녕하셨사옵니까? 전하!"

"어서 오오. 그래, 오늘은 무슨 일로 과인을 찾아왔는고?"

"강화도를 항구로 개발하는 문제와 외국으로 무역을 하는 선박들의 애로사항 때문에 찾아뵈었습니다."

"강화도 개발 문제는 지난번에 유야무야 넘기고 이후 논의가 없어 전혀 잔척이 이루어지지 않았겠군. 백성들의 소개(疏開) 문제도 그렇고."

"그렇사옵니다. 전하!"

"그래, 어디 합당한 안이 있으면 고해보시게."

"네, 전하! 소신의 생각으로는 석모도 맞은편 외포항에서 그 밑 선수항까지 만궁처럼 휘어 쏙 들어간 일대를 항구로 개발하고, 선박의 진입로인 석모도와 맞은편 선수항 일대에는 포대라도 설치하여 만약의 경우에 대비해야 된다고 봅니다. 전하!"

"하면 광성보와 초지진의 조선군은 어찌하고?"

"교동도는 물론 그곳도 그냥 그대로 두고 두 곳을 신설하는 것이 좋겠습니다."

"좋아! 그렇게 하기로 하고, 과인이 그동안 강화도 백성들의 소개 문제를 생각해 봤는데, 결코 이는 작은 문제가 아니야. 하니 지금 경이 항구로 조성하겠다는 곳의 10리 이내만 백성들의 출입을 막는 것으로 하지."

"알겠사옵니다, 전하! 하고 이제 왜나 화란 선박까지 들어오면 아무래도 제대로 된 항구를 조성해야 하는바, 방파제도 쌓고 쌓인 퇴적물을 걷어내야 함은 물론 몇 곳에 등대도 설치해야 하지 않을까 사료되어집니다. 전하!"

"그것도 돈이 들어가는 일 아닌가?"

"그 비용은 관세를 물려 해결하면 됩니다."

"관세?"

"네, 전하! 외국에서 들여오는 상품에 대해 일정한 세금을 먹이는 것으로서, 우리 조선에서 생산되지 않아 어쩔 수 없이 들여오는 것은 아주 적게 관세를 물리고, 사치품 등은 고율의 관세를 먹여 억제하는 효과도 거두는 것이죠."

"그거, 아주 좋은 방법이로군. 비국의 논의를 거쳐 그렇게 하는 방향으로 하고, 항구 조성 문제 또한 논의를 거쳐 바로 조성하는 것으로 하자고."

"성은이 망극하옵니다. 전하!"

"무역선들이 애로사항이 있다고?"

"네, 전하! 소신이 금번에 왜의 나가사키에 가서 보니 화란 상선은 최상층에 포 6문을 장착하고 선원들도 자체 무장을 하여 해적들에 대한 대항 수단을 갖추고 있었습니다. 그러나 우리 조선은 아직 선원들에게도 무장을 허락하지 않아 청국 상선과 꼭 같이 움직여야 하는 불편함이 있었사옵니다. 하니 차제에 이를 해결해 주셨으면 하옵니다. 전하!"

"하면 경의 말은 선원은 물론 선박에도 무장을 할 수 있도록 해달라는 말이 아닌가?"

"그렇게 하지 않고서는 말로만 무역을 허락한 것이지, 제대로 된 무역을 할 수 없음입니다. 통촉하여 주시옵소서! 전하!"

"흐흠……! 이는 태종대왕 시절부터 불순한 무리들의 반란을 우려하여 사병을 양성하지 못하게 한 것과 완전 배치되는 문제로군."

여기서 병호는 자신이나 나라를 위해서라도 긴급 아첨하지 않을 수 없었다.

"주상전하께서는 전혀 반란 문제를 걱정하지 않으셔도 될 것이옵니다. 대저 반란이라는 것도 연산이나 광해 시절처럼 뚜렷한 대의명분이 있어야 되는데, 영명하시고 어지신 정사를 펼치시는 주상전하 치하에서, 설령 그런 불순한 무리들이 있다한들, 조야의 지지를 받지 못하여 곧 물거품처럼 소멸될 것이옵니다!"

"하하하! 그렇다는 말이지? 좋아! 과인으로서는 허락하고 싶다. 그러나 모든 정사가 그렇듯이 이 또한 비국당상회의에 안건으로 올려 여러 대신들과 논의를 거쳐야 할 일. 하회(下回)를 기다리도록."

"알겠사옵니다. 전하!"

"요즘 대국의 상황은 어떤가?"

"여전히 비세이옵니다."

"허허, 그거 큰일이로군."

"청국이 양이들의 침탈에 무릎을 꿇는 상황을 가정하여 우리도 철저한 대비가 있어야 할 것이옵니다. 전하!"

"알았다."

그런 일은 있을 수 없는 일이거나, 아예 생각하기도 싫다는 듯 간단하게 답하고 굳게 입을 다무는 주상을 보고, 병호는 내심 실망하여 더 이상 진언드리지 않고 물러갈 결심을 했다.

"소신 이만 물러갈까 하옵니다. 전하!"

"그래, 경이 보내준 종이를 아주 잘 쓰고 있다. 질은 한지보다 좀 떨어지는 듯하나, 가격이 훨씬 저렴하다니 우리 조선의 선비들을 생각하면 아주 큰일을 해냈음이야."

"성은이 망극하옵니다. 전하!"

곧 절하고 물러나는 병호의 머리에는 종이에 대한 생각이 떠올랐다.

현재 종이는 유럽 기술자들과 개발한 쇄목펄프에 이어 병호에 의해 개발된 소다 및 아황산펄프로 대량생산되고 있는데, 이는 유럽에 이미 특허출원이 된 상태였다.

여기에 지금은 우리나라에 흔한 볏짚과 갈대 펌프를 개발하고 있는 중이었다. 물론 지금도 조선 고유의 종이는 일부 생산이 계속되고 있었다.

*   *   *

그로부터 오 일이 지나자 병호가 건의한 내용이 비국당상 회의를 거쳐 결론이 내려졌다. 즉 무역선에 한해 무장을 허락하고 선원들도 척당 30인에 한해 개인 무장을 허락한다는 것이었다.

또 강화도의 외포항에서 내포항에 이르기까지 항구 조성을 위한 방파제를 쌓고, 그 십 리 안에는 무역 종사자와 이에 관계된 관원만이 출입이 허락되었다. 따라서 이 지역은 담을 쌓아 외부와의 단절을 꾀하도록 했다. 당연히 그 안의 백성은 소개될 것이고, 외국 상관도 그 안에서만 신축이 허용됨은 물론 주재도 허락되었다.

또 모든 수입품에 한해 할당 관세를 부과하기로 하고 명년부터 이를 시행하되 금년 안에 이 모든 세율을 정하도록 했다.

이렇게 법과 제도가 정비되자 병호는 군사를 양성할 결심을 했다.

머지않아 탄약과 포탄이 제조되기 시작하면 세계 최강의 군대를 육성할 수 있는 제반 여건이 갖춰지자, 이에 발맞추어 신식 군대를 창설할 필요성을 느낀 것이다.

물론 이는 무역이나 대외 활동을 하기 위함이었지만, 드러내놓고 양성할 수는 없는 일이므로 고산군도에 새로운 비밀 훈련소를 짓기로 했다. 그 위치로는 무녀도 한가운데 움푹 들어간 곳을 택하기로 했다.

사방이 산으로 둘러싸여 외부에서는 전혀 안이 보이지 않는 데다, 선유도가 이미 연구 시설로 포화 상태이기 때문에 취한 조처였다.

결심이 서자 병호는 소브레로 건을 해결한 홍순겸을 불러 긴급 지시를 내렸다.

동시에 2천 명을 수용할 수 있는 대규모 훈련소를 금년 내에 짓도록. 그 인원은 대부분 공사가 끝난 행궁과 요정 공사에 동원된 장인과 역부를 활용하도록 했다.

이렇게 세월이 흘러 연말이 다가오자 몇 건이 해결되었다. 즉 진상과 북경 교외에 유리 합작 공장을 짓는 것으로 상권도 병호의 계획대로 분할이 되었다. 따라서 그 안에도 벌써 몇 차례 조선을 찾아와 애걸한 절상의 동청상과도 55 : 45의 합작지분으로 제반 합작공장 및 무역을 행하기로 했다.

또 오응현을 파견해 휘상과도 같은 조건으로 계약을 체결했다.

이런 가운데 행궁 및 요정 공사도 완전히 끝나, 주상 및 대왕대비가 참석한 가운데 대대적인 행궁 입주식(入住式)을 거행하기고, 그 날짜까지 잡혔다. 명년 초사흗날이었다.

이런 가운데 생각지 못한 손님들이 해외에서 떼로 몰려들었다.

곧 열한 척의 화란 상선의 입항으로, 그중 하나는 병호가 주문한 증기선이었고, 나머지 열 척에는 젖소 200마리와 의사 및 예상치 못한 설비들이 실려 있었다.

물론 그들이 팔아먹을 상품도 다섯 척에 가득 실려 있었다.

이 소식을 접한 병호는 새로 합류한 역관은 물론 기존의 수행원들을 데리고 급히 강화도로 향했다. 물론 최양제도 수행원에 포함되어 있었다. 아무튼 병호가 강화도에 외포항에 도착하니 하역 작업이 아직도 진행 중에 있었다.

이를 잠시 바라본 병호는 곧장 보세구역(保稅區域) 내에 있는 조양물산 사무실로 갔다. 2층 양옥으로 지어진 1층 사무실에는 생각지 못한 인물이 그를 기다리고 있다가 반갑게 맞았다.

"어서 오시오."

"이곳에서 보니 더욱 반갑습니다. 하하하……!"

탄력을 잃어가는 나가사키 화란 상관장 핸드릭 두프의 손을 굳세게 잡은 병호가 그의 등까지 두드리며 호탕하게 웃었다.

이에 두프도 화답하며 병호를 끌어안았다 떼어내며 말했다.

"예상보다 날씨도 순조롭고 모든 일이 잘 되어 일찍 올 수 있었습니다. 그나저나 확실히 조선은 일본보다는 춥군요."

"위도가 위이니 당연히 춥겠지요. 그래도 올해는 비록 눈이 많이 왔지만 예년보다는 덜 추운편입니다."

"그래요? 이보다 더 추우면 견디기 어렵겠습니다."

"금번에 젖소 200두가 들어왔다고요?"

"검역소로 갔습니다."

"잘됐습니다. 설비도 들어왔다는데 무슨 설비입니까?"

"아, 그 설비는 라이터를 발명한 되버라이너가 세슘 추출을 할 수 있는 설비라고 하며 운송을 부탁하는 바람에 싣고 온 것입니다."

"신용이 있는 사람이군요. 믿고 그냥 귀국을 시켰는데."

"공동으로 특허도 출원했더군요. 이와 같이 이 세상에는 선한 사람들이 더 많습니다. 개중에 나쁜 놈들이 한둘 끼어 세상을 오염시키는 것이죠."

"의사 부부는 어떻게 되었습니까?"

"아, 시볼트(Siebold) 말이죠?"

"그렇습니다. 그의 일본인 아내는 물론 딸 쿠수모토 이네, 그밖에 제멜바이스 헝가리 산부인과의사 등 총 다섯 명의 의사가 더 자원을 하여, 총독각하나 저의 면이 좀 섰습니다. 하하하!"

"고맙습니다."

병호가 정중히 고개를 숙이자 두프가 조금은 겸연쩍은 표정으로 말했다.

"미안한 일도 있는데 어떻게 하죠?"

"무슨 말입니까?"

"부탁한 파스퇴르라는 학생은 데리고 올 수 없었습니다. 단 대학에 진학할 학비와 생활비를 대준다면, 졸업 후 꼭 조선을 찾아 화학 발전에 이바지하겠다는 말을 했습니다."

"그래요? 그럼 당연히 지원해 줘야죠."

"그 학생은 어떻게 알고 초청을 하려고 한 것인지……."

"조선에 온 기술자 중에서 누가 부탁을 좀 하기에……."

"그런 일이 있었군요."

병호가 대충 둘러대었지만 금년 19세인 파스퇴르가 안 왔다는 것은 좀 서운했다. 그는 프랑스 쥐라(Jura) 주 돌(Dole)의 한 가죽 무두질공의 아들로 태어나 가난할 수밖에 없었다.

그러나 아버지는 그의 교육 열의를 보고 돌(Dole)에서 아르부아(Arbois)로 옮겨 그곳의 초등학교에서 공부하게 하였으며, 이어서 브장송(Besancon)에서 교육을 받게 했다.

그러나 가난하여 더 이상은 배움을 이어갈 형편이 못되자 두프와 같은 제의를 한 모양이었다. 아무튼 병호는 곧 생각에서 깨어나 두프에게 또 궁금한 사항을 물었다.

"고무나무 식재 건은 어떻게 되었습니까?"

"계획대로 잘 진행되고 있습니다. 메단을 점령하여 그곳에 고무나무를 심은 것은 물론 아예 그곳에 조선소도 설립했습니다. 증기선은 보고받으셨을 테지만 영국에서 한 척을 구입해 왔고요."

"잘하셨습니다. 기왕 증기기관 이야기가 나온 김에 증기기관차도 한 량 주문하고 싶군요. 객차 열량이랑 같이."

"우리나라도 작년에 증기기관차가 도입되어 운행이 되고 있습니다만, 조선도 일찍 그런 문명의 이기를 받아들인다면 좋은 일이 많을 겁니다."

"참, 항해 기술자들은 어떻게 되었습니까?"

"그들 또한 교육을 잘 받고 있는 것으로 알고 있습니다."

병호는 수군 출신으로 항해 기술을 익히기 원하는 젊은이들 300명을 뽑아, 두 달 전 나가사키로 보낸바 있었다.

"모든 일이 순조롭게 잘 되고 있다니 다행스럽습니다. 헌데 투자금은 좀 더 안 올려도 될까요?"

"은 20만 냥을 추가로 더 올리자는 총독각하의 제안이 있었습니다."

"그럼, 귀국할 때 가져가시되, 파스퇴르 및 우리 유학생들 경비 2만 냥도 함께 가져가셔서, 파리외방전교회 및 그에게도 일부 전해줬으면 고맙겠습니다."

"물론 그렇게 해야죠."

"아직 항구 및 여타 시설을 만드느라 어수선하지만 이곳에서 편히 쉬었다 가시길 바랍니다. 저녁나절에는 시간을 비워놨으면 합니다. 함께 술과 식사라도 하게요."

"좋습니다. 그렇게 하도록 할 테니, 시볼트 등 만나고 싶은 사람들을 만나도록 하시죠."

"이해해 주시니 감사합니다."

두프의 양해 속에 병호는 사무실 안쪽에 마련된 사장실로 들어가, 별도의 응접실에 있는 시볼트 부부 및 딸을 그곳으로 불렀다. 곧 그들이 안내되어 오자 병호는 자리에 벌떡 일어나 그들을 맞았다.

"먼 조선까지 와주셔서 정말 감사합니다."

"아니래도 막부로부터 추방을 받고 늘 동양을 그리워하던 참에, 초청을 받고 올 수 있어 오히려 제가 더 기쁩니다. 이쪽은 제 아내와 딸."

"아, 반갑습니다."

"네."

부끄러워하는 모녀에게 가볍게 인사한 병호가 부인을 바라보니, 그녀는 45세의 시볼트보다 상당히 젊어보였고, 13세의 딸은 나가사키에서 봤을 때보다 좀 더 성숙해져 있었다.

아무튼 그들과 간단하게 인사를 나눈 병호는 곧 시볼트에게 엄숙한 표정으로 이야기를 했다.

"우리나라에서 아직 서양의학은 불모지입니다. 하지만 동양의학만은 중국이나 왜보다 뛰어나다고 자부하고 있습니다. 따라서 동서양의학을 잘 연구하시어 조선 백성들이 한시 바삐 질병의 고통에서 해방되었으면 좋겠습니다. 특히 천연두의 퇴

치에 진력해 주셨으면 좋겠습니다. 조선에도 일부 인두법이 소개되긴 했으나 사람들의 믿음이 강하지 못해, 역병이 창궐할 때면 매번 수만… 때로는 수십만 명이 떼죽음을 당하고 있는 실정입니다."

"알겠습니다."

"학생들도 한 백여 명 선발하여 가르쳤으면 좋겠는데 어떻게 생각하십니까?"

"그렇게 하도록 하겠습니다."

"고맙소이다."

"나와 함께 온 사람들을 소개시켜 드리고 싶습니다."

"아, 그래요? 당연히 만나 뵈어야죠."

이어 다섯 사람이 시볼트의 부름으로 사장실로 들어왔는데 그들은 각각 동물학자 겸 해부학 및 생리학 교수 1명, 산부인과의사 1명, 내과의사 두 명, 치과의사 1명 등이었다. 시볼트가 외과의사니 만약 병원을 개설한다면 수의과 포함 다섯 개 과목의 병원이 생기는 것이다.

아무튼 이들 중 특이한 것은 시볼트의 사촌동생 에른스트 시볼트와 산부인과의사 제멜바이스였다.

금년 38세의 에른스트 지볼트는 독일 에를랑겐대학교 해부학, 생리학 교수로 재직 중, 형의 권유로 금번에 함께 조선에 오게 되었다.

그는 기생충에 대해서 이 당시에는 아직도 그것이 숙주(宿主)의 병적 변화에 의해서 자연 발생되는 것이라고 생각하던 것을, 기생충의 체내에 많은 알이 존재한다는 것에서 유추하여, 다른 동물과 마찬가지로 그것도 알에서 생겨나는 것이라고 추론하였다.

또, 섬모가 원생동물만이 아닌 고등동물의 기관에도 존재한다는 것을 지적하였다. 또 산부인과의사인 제멜바이스는 산부인과에서 행하는 소독과 손 씻기 만으로도, 산부의 사망률이 현저히 감소한 것을 발표하였으나, 아무도 믿어주지 않는 바람에 홧김에 자원한 별난 이력의 소유자였다.

실제로 그의 이론은 훗날 그대로 증명이 되니 조선으로서는 뛰어난 산부인과 한 명을 덤으로 얻은 격이었다. 그러나 과연 조선 여성들이 그 앞에서 진료를 받거나 애를 낳을지 걱정은 걱정이었다.

*　　　　*　　　　*

이날 저녁 강화도에서 나는 싱싱한 해산물 위주로 두프 및 의사일행에게 성대한 만찬을 베푼 병호는 다음 날 의사일행을 데리고 조양물산의 공장이 밀집되어 있는 주안으로 왔다.

이 주안공장은 각종 공장들로 인해 고용된 인원이 1만 명이 넘었다. 그러므로 병호는 이곳에 현장 직원 및 여타 다른 곳에 근무하는 다른 직원과 가족들을 위한 병원을 개설하려는 것이다.

또 이곳에 가칭 의과대학을 개설하고 겸하여 세계 최초의 병원을 창설하려는 것이다. 근대적인 병원의 개념이 생성된 것은 1860년경으로, 영국의 간호사 나이팅게일이 인간적 간호와 과학적 의료 등을 주장한 것이 시작이었다.

또한 마취법이 개발되는 등 의료사의 획기적인 사건이 일어나면서 병원의 수는 급증하기에 이르는 것이다. 아무튼 병호는 외과, 내과, 치과, 산부인과 동물학과, 간호학과 등을 여섯 개 학과를 개설할 결심을 굳혔다.

다행히 이들 의사 중 에른스트 시볼트 부인이 정규간호학교를 졸업한 재원이라, 그의 동의하에 각각 100명의 학생을 모집할 예정이었다.

병호는 막상 의과대학 개설할 결심을 히자 사범대학 및 외국어대학도 개설할 결심을 굳혔다. 이에 사범대학은 300명 정원으로 하고, 외국어는 각각 영어, 프랑스, 스페인어, 독일어, 일어, 중국어, 네덜란드어 등 7개학과 700명을 선발해 가르치기로 했다.

이렇게 되니 의외로 규모가 커져 예비 공장 용지를 다수 활용하기로 했고, 금년에 건물 신축을 끝내 학생은 내년부터 받기로 했다. 또 1차로 들어온 젖소 200두는 별도의 목장을 조성하여 기르되, 그 종사자는 산재를 입었으나 사육에 지장이 없는 자를 선발하여 기르도록 조처했다.

*   *   *

이렇게 대충 조처하고 나니 한 해가 저물고 새해가 밝아왔다. 1842년 임인년(壬寅年)으로 병호의 나이 16세가 되는 해이기도 했다. 신년하례회가 끝나고 마침내 행궁 입주식을 거행하는 초사흘.

이날은 아침부터 함박눈이 펑펑 쏟아지기 시작했다. 그러나 다행히 춥지는 않았다.

그렇지만 섣달그믐에 한파와 함께 찾아온 눈이 그대로 쌓여 있는 데다, 새로운 눈마저 펑펑 쏟아지니 행사를 할까 말까로, 대신들 간에 의론이 분분했다.

그러자 대왕대비의 특지가 내려왔다. 그대로 실행하라고. 병호 또한 이날 아침 이파 등 수행원들을 데리고 일찍 입궐하여 기다리고 있다가, 진시 말(辰時 正: 오전 9시)이 되자 출발한 어가 행렬의 뒤를 따르고 있었다.

어가는 눈이 오는 관계로 길이 미끄러워 2각이면 도착할 길을 근 반 시진이나 걸려 행궁 초입에 당도했다. 다행히 이때는 눈이 그쳐 있었다. 아무튼 행궁 초입 오르막에 도착하자 곳곳에서 탄성이 튀어나왔다.

"아……!"

"참으로 무릉도원이 따로 없군."

"설경 중에 이런 설경은 처음이로고."

지연미를 그대로 살려 행궁 주변에 포진한 고송(古松)은 설송(雪松)이 되어 있었고, 마침 그친 눈 사이로 은은하게 빛나는 오렌지 빛 가스등 사이로 색색의 1, 2층 창문이 마치 꿈속을 더듬는 듯, 선경에 온 듯한 착각을 불러일으키게 하고 있었다.

여기에 건듯 건듯 부는 바람이 쌓인 눈을 휘말아 올리니 그 또한 장관이 아닐 수 없었다. 이런 속에 가마 문을 열고 이 모습을 바라보던 대왕대비 김씨가 더는 참지 못하고 가마에서 내렸다.

이에 말에 올라 있던 주상이 황망이 말에서 뛰어내리며 부르짖었다.

"할마마마, 날씨가 차갑사옵고, 길도 미끄러운데……!"

"이 멋진 풍광을 보고 어찌 가마 속에 그냥 앉아 있단 말이오. 하면 대신들이 멋도 모르는 노인네라 욕하지 않겠소?"

"그래도 할마마마……."

"참으로 운치 있게 잘 지었다."

한 걸음 떼고 행궁과 함께 주변 경지를 감상하고 또 한걸음을 떼니, 주상 환이 대왕대비를 부축하느라 추운 날씨에도 땀을 뻘뻘 흘리고 있었다.

이렇게 몇 발자국 떼던 대왕대비가 돌연 뒤를 돌아보고 큰소리로 말했다.

"이 행궁을 축조한 병호는 어디 있느냐?"

이에 대열의 후미에 위치에 있던 병호가 황망히 대답하며, 열에서 뛰쳐나와 대왕대비 앞으로 달려 나갔다.

"소질 여기 있사옵니다. 대왕대비마마!"

"그러다 넘어질라, 찬찬히 오너라!"

"네, 대왕대비마마!"

비로소 병호가 천천히 다가가 대왕대비 앞에 고개를 조아리고 서니 그녀가 말했다.

"이렇게 아름다운 행궁을 신축하느라 참으로 고생이 많았다. 무엇을 상으로 줄꼬?"

"날씨가 차니 행궁에 입실하여 포상을 하셔도 늦지 않으실 것이옵니다. 대왕대비마마!"

겨울치고는 포근한 날씨였지만 노인에게는 추울 수도 있어 주상이나 병호 모두 이를 걱정했다.

"그래, 이따 말하거라!"

"네, 대왕대비마마!"

"함께 가자!"

"네, 대왕대비마마! 소신이 부축하겠사옵니다."

"호호호! 모든 사대부들이 향낭을 휴대하지만 네 몸에서만은 유독 좋은 냄새가 나는 것 같구나!"

"오늘을 위하여 어제 수욕을 하고, 엊저녁부터 옷에도 침향을 재워놓아 그런 것이 아닌가 하옵니다."

제3장
명월관(明月館)

"호호호……! 아무튼 사람의 몸에서 좋은 냄새가 나는 것도 한 때야. 늙어지면 늙으니 특유의 쾨쾨한 냄새가 나지. 하니 그전에 즐기는 것도 인생을 보다 재미있게 사는 한 방편이 아닌가 하네."

"명심하겠사옵니다, 대왕대비마마!"

이렇게 두 노소가 대화를 하며 약간의 오르막을 오르니, 마침내 눈 덮인 제법 넓은 빈 공간이 나오고, 제일 먼저 눈에 들어오는 것은 전면의 3층으로 축조된 전각이었다.

흰 눈을 이고 있는 청기와에 주변에는 일층 작은 전각들이

포진되어 있어, 그 위엄이 더욱 돋보였다. 또 주변에는 곳곳에 산재한 팔각 정자며 석등, 그대로 얼어붙은 인공 폭포, 그리고 그 밑의 작은 연못 등이 아기자기하게 꾸며져 있어, 행궁으로서의 아취를 풍기고 있었다.

"참으로 멋지구나! 헌데 저 노랗게 은은하게 빛나는 등은 처음 보는 빛이로고. 대저 저 불빛이 무엇이더냐?"

"가스등이라고 아직 양이들도 발명치 못한 것을, 소신이 주변 경치를 살리고 밤에도 통행을 자유롭게 하기 위해 설치한 것이옵니다. 대왕대비마마!"

"참으로 인간 세상에 기경은 이곳 행궁일 것이요, 귀물은 바로 너로구나!"

"그렇사옵니다. 할마마마! 병호야말로 조선을 날로 달로 새롭게 하는 일등공신이오니, 참으로 귀한 존재가 아닐 수 없사옵니다."

주상의 말을 받아 대왕대비가 말했다.

"그래, 할미 말대로 요즘 자주 만나고 있는 것이오?"

"간혹 불러 병호의 이야기를 듣고 많은 것을 깨우치곤 합니다, 할마마마!"

"암, 그래야지. 자, 다 왔으니 어디 안으로 들어가 볼까?"

"네, 대왕대비마마!"

병호의 손을 잡고 대리석 삼 단 기단을 오른 대왕대비는 바로 입실치 않고 다시 한 번 주변을 둘러보며 감탄해 마지않았다.

"참으로 기경(奇景)이로고!"

"실로 장관이옵니다, 할마마마!"

"그래, 그래!"

주상마저 또 한 번 감탄하자 고개를 끄덕이며 흡족한 표정을 짓던 대왕대비가 돌아서자, 수행한 상궁나인 및 내관들 중 일부가 빠른 걸음으로 달려가 얼른 전각문을 열어주었다.

곧 대왕대비와 주상을 모시고 병호가 전각 안으로 들어오니, 내부에는 이미 조개탄 난로가 세 개나 피워져 있어 훈훈했다. 그리고 정면에는 정무를 볼 수 있게 용상이 하나 설치되어 있었고, 그 면적은 수행한 전 대신이 다 들어올 수는 공간이나 결코 크지 않아 아담한 맛을 풍겼다. 더군다나 기존 전각과 달리 층고를 한층 낮추어 더욱 아늑한 느낌이 들었다.

아무튼 대왕대비와 주상이 훈훈한 내부 기온에 만족감을 표시하는데 대신들도 차례로 들어와 내부 구경에 여념이 없었다. 철근콘크리트 구조이나 모두 소나무 판재로 마감을 한 덕에, 실내는 은은한 솔 향이 풍겨오고 있었다. 이에 대신들마저 코를 벌름거리며 한 번 더 냄새를 맡고 있었다.

그리고 또 하나 특이한 것이 이중으로 된 창틀 구조인데,

안에는 각기 다른 색상의 이중유리창이 설치되어 있었고 밖에는 투명 유리로 되어 있었다. 그러나 기존 조선 창문과 달리 거의 한길 높이에 전면 전체가 유리창으로 되어 있어, 작은 채광의 조선 가옥 형식과는 확연히 다른 맛을 풍기고 있었다.

이곳에 설치된 이중유리는 안전유리라고, 유리와 유리 사이에 색한지를 끼워 넣어, 만약 유리의 한 면이 깨지더라도 한지 때문에 일제히 떨어져 내릴 위험이 없는 유리였다.

아무튼 대왕대비와 주상이 어느 정도 내부를 둘러본 것 같자 병호가 말했다.

"2, 3층도 구경해 보시겠습니까?"

"그래, 어디 가보자."

"모시겠사옵니다."

병호가 용상 뒤편에 설치되어 있는 목재 내부 계단 앞에 서자, 대왕대비를 부축한 주상이 다가와 천천히 계단을 오르기 시작했다. 한쪽에 난간까지 설치되어 오르는데 큰 위험이 없는 데다, 중간에 한 번 방향이 꺾이기 때문에 이마저 오르기 힘든 노인은 중간의 꺾이는 넓은 공간에서 쉬어 갈 수도 있었다.

이윽고 계단을 다 오르자 2층 내부에는 긴 통로가 이어져 있었고, 그 통로를 따라 이동하다 중간중간에 설치된 문 안으로 들어가면, 각자의 방에 들 수 있는 구조였다.

이에 두 사람은 방을 하나씩 열어보며 내부 구경에 여념이 없었다. 그 내부는 침실이 네 개, 응접실 하나, 서재 하나로 꾸며져 있어, 독서를 하거나 휴식을 취할 수 있을 뿐만 아니라, 외부의 손님을 불러 간단한 접대도 할 수 있는 구조였다.

아무튼 각 방의 구경을 마친 주상은 마치 다시 어린아이로 돌아간 듯 흰 침대보로 덮인 침상에 앉았다 그 반동에 깜짝 놀라 일어나더니, 이것이 재미있는 듯 한동안 앉았다 튀어 일어나길 반복했다.

그러다 이것도 재미없는지 등 한동안 노란색 휘장을 끌어다 창문 전체를 가려 환하고 어두워지는 것을 즐겼다. 이 모습이 마치 개구쟁이 같음에, 이를 본 대왕대비가 미소를 띠고 말했다.

"그렇게 좋소? 주상!"

"네, 할마마마! 이런 곳에서 며칠 푹 쉬면 지친 심신이 금방이라도 회복될 것 같사옵니다."

"우리 병호가 그러라고 지어준 것 아니오. 그렇지?"

이를 지어준 병호가 자랑스럽다는 듯 말하자, 병호 또한 급히 고개를 조아리며 수긍했다.

"네, 대왕대비마마!"

"3층은 또 어떤지 궁금하옵니다."

대왕대비를 바라보고 말하는 모양새가 그녀의 동의를 구하는 듯하자 대왕대비도 고개를 끄덕이며 말했다.

"이왕 여기까지 오른 것, 3층도 구경해 봅시다."

"소신이 안내하겠사옵니다."

곧 그 방을 빠져나온 병호는 복도 한쪽 끝에 난 내부 계단을 통해 3층으로 올랐다.

3층은 2층의 1/5크기로 크게 다른 시설이 없었다. 단지 넓은 방 하나에 삼면이 책장으로 둘러싸여 있고, 한가운데 놓인 다탁을 중심으로 푹신한 2개의 의자와 긴 장의자 하나, 그리고 한쪽 구석에 놓인 침대가 전부였다.

그러나 전면 전체가 유리창으로 되어 있어 먼 곳을 조망하는 데는 이보다 나은 곳이 없었다. 내부를 둘러본 두 사람도 창가에 서서 한양 도성을 내려다보며 찬탄을 터뜨렸다.

"한양 도성이 한눈에 다 내려다보이는구나!"

"가까이 펼쳐진 설경은 또 어떻고요? 참으로 멋지고 가슴이 탁 트이는 듯하구나!"

"소손도 그렇사옵니다. 할마마마!"

"호호호! 종종 이곳에 놀러와 지친 심신을 안돈하고 가는 것도 참으로 좋을 것 같소. 주상!"

"소손 또한 그렇게 느끼고 있사옵니다. 더불어 한양도성을 내려다보며 호연지기도 기를 수도 있을 것 같사옵니다."

"그도 그렇겠구려."

두 사람이 즐거워하는 것을 보며 병호 또한 시공자로서 뿌듯한 마음을 금할 수 없었다. 이때 대왕대비가 웃음 띤 얼굴로 말했다.

"원하는 것이 있으면 말하라."

"광산 개발권을 획득하고 싶사옵니다."

"그게 무슨 소리지? 좀 더 구체적으로."

"네, 전하!"

주상의 말에 공손히 고개 숙여 답한 병호가 자세한 설명을 시작했다.

"석회 석광도 필요하지만 그 무엇보다 철의 사용량이 급속히 늘다 보니, 기존 조선에서 생산되는 철로는 감당할 수가 없어, 철도 이제 외국에서 수입해야 할 판입니다. 따라서 철광을 자체 개발하여 막대한 수요를 감당하고 싶사옵니다. 전하!"

"우리 조선에 철이 묻혀 있지 않다면 모르지만 매장된 철을 놔두고 외국에서 철을 수입한다는 것은 그만큼 조선의 부가 외국으로 빠져나가는 것이니, 개발해 쓸 수 있으면 쓰는 것이 좋겠지. 그래, 어디 보아둔 데라도 있소?"

"무산 철광을 개발하고 싶사옵니다. 전하!"

"무산? 그곳에서도 철이 나오나?"

주상의 의문은 당연했다. 1916년 일제시대나 발견된 철광산이었기 때문이었다.

"우리 회사에 고용된 덕대의 탐사에 의해 많은 양의 철이 매장되어 있는 것으로 밝혀졌습니다. 그러나 품위가 낮은 것이 흠입니다만, 자력선광을 행한다면 얼마든지 수지 타산을 맞출 수 있을 것으로 판단하고 있습니다. 더구나 무산철광은 노두가 크게 발달하여 채광에 큰 비용이 발생하지 않을 것으로 봅니다. 전하!"

"무슨 말인지 하나도 모르겠지만 개발할 수 있으면 개발해 사용하는 게 좋겠지. 철점을 여는 대가로 세금은 납부해야겠지?"

"물론입니다. 전하!"

"허락하고 싶은데 할마마마의 뜻은 어떻사옵니까?"

"지금 이 나라의 주인은 주상이니, 의당 주상의 뜻대로 하셔야지요."

"허한다!"

"성은이 망극하옵니다. 전하!"

"자, 이만 내려가 볼까?"

"네, 전하!"

"참, 오후에는 요정도 문을 연다고?"

"네, 전하!"

"과인도 한번 구경하고 싶구나!"

이 대목에서 주상은 한 번 흘깃 대왕대비의 눈치를 보았다. 그러자 대왕대비가 말했다.

"모든 것이 지나치지만 않으면 됩니다. 정사를 그르치지 않을 정도로 즐기는 것도 나름, 오래 어진 정사를 펼칠 수 있는 한 방편이라고 봐요."

"역시 할마마마는 경륜만큼이나 이해심도 높으십니다."

"그렇게 아부 안 해도 이미 허락했잖아요? 호호호!"

대왕대비의 웃음에 겸연쩍은 표정을 지은 주상이 서둘러 내려가는 바람에 병호는 그녀를 부축해 천천히 내려가야 했다. 아무튼 병호가 대왕대비를 모시고 천천히 1층으로 내려오니, 그곳은 이미 연회 준비가 끝나 있었다.

즉 한 사람 앞에 하나씩 주안상이 하사되어 있었고, 이들의 전면에는 긴 탁자에 대왕대비와 주상이 앉을 수 있는 연회상이 차려져 있었다. 원래 이 연회상에는 병호의 자리가 마련되어 있지 않았지만, 대왕대비의 특별 지시로 의자가 하나 더 만들어지고, 병호는 측면에 마련된 그 의자에 앉아 함께 연회를 즐길 수 있었다.

*   *   *

사시 말이 되자 행궁의 연회가 모두 끝나고 이제 대신들은 떼를 지어 이웃해 있는 요정으로 발걸음을 옮겼다.

그런데 예정에 없던 주상마저 함께 움직이니 대신들은 달가워하는 표정들만은 아니었다.

이를 아는지 모르는지 병호의 안내로 앞장서서 주상 환이 송백에 둘러싸인 요정에 들어서니, 우선 눈에 띄는 것은 넓은 빈 공터에 기와를 이은 회랑(回廊) 같은 구조물이었다.

그러니까 이를 현대식으로 표현하면 넓은 주차장에 눈비를 가릴 수 있는 차양(遮陽)을 갖춘 긴 주차 시설이 마련되어 있어, 손님들이 타고 온 가마 등을 집어넣을 수 있는 구조물이었던 것이다.

아무튼 그 뒤에는 단층의 상당히 큰 사다리꼴 모양의 건물이 들어서 있었다. 그리고 그 뒤에는 일자 형태의 2층 건물이 지어져 있었는데 그 크기 또한 엄청나게 컸다.

그리고 양옆에는 기생이나 종사자들의 숙소와 주방으로 보이는 건물이 길게 늘어서 있었다. 또 뒤로 돌아가면 인공 폭포와 군데군데 연못이 조성되어 있었고, 그 연못은 반원형의 무지개다리로 팔각 정자와 연결되어 있었다.

또 곳곳에 대나무 울타리에 둘러싸인 갈대를 이은 작은집들이 축조되어 있었다.

또 그 뒤로는 송림이었는데 군데군데 팔각 정자가 들어서 있어 한 여름에는 숲 속에서 술과 음식을 즐길 수 있게 축조되어 있었다. 이 모든 것이 설경 속에 자태를 드러내니 그 아취(雅趣)를 더하는데, 낮게 드리운 구름 때문에 어둑어둑한 하늘을 밝히는 가스등이 그 신비감을 더하고 있었다.

이 모든 것이 끝나자 병호는 주상 이하 전 대신들을 모시고 바로 앞의 2층 건물로 되돌아 왔다.

곧 그 건물 일층으로 들어서니 길게 이어진 일자 형 복도에는 화원들이 그린 각종 그림과, 문인들의 시, 또 서예가의 글씨들이 정성들여 표구된 액자에 걸려 있어, 주상 이하 많은 대신들의 감탄을 자아내게 하고 있었다.

"참으로 훌륭한 발상이로구나! 이로써 조선의 예술이 한층 더 발전할 수 있는 계기가 될 것이야."

주상의 말을 받아 병호가 미소를 띠고 말했다.

"재인(才人)들의 생계에도 도움이 될 것이옵니다. 전하!"

"그건 또 무슨 말인가?"

"액자 밑을 자세히 보시면 가격도 적혀 있습니다. 즉시 살수도 있단 말입니다. 따라서 가난한 화원들이나 문인들이 그림과 시를 팔아 생계를 꾸려갈 수도 있으니, 그들은 더욱 예술에만 전념할 수도 있는 것이죠."

"그래, 그래! 아무리 훌륭한 재주를 지니고 있다한들 굶고서야 어찌 붓을 움직일 힘이 나오겠느냐? 참으로 좋은 발상이다. 그들에게도 큰 도움이 될 것이고."

"그런 의미에서 전하께서 가장 먼저 한 점 사주시지 않겠사옵니까?"

"하하하……!"

병호의 말에 주상을 에워싸고 있던 신하들의 입에서 웃음이 터져 나오는데 민망한 표정을 지은 주상이 말했다.

"소지한 돈이 없는데?"

그럴 줄 알았다는 듯 병호가 품속에서 즉시 은괴 하나를 내밀자 주상이 이를 받아들며 말했다.

"나중에 갚아주마."

"하하하……!"

"좋으실 대로 하시고 우선 마음에 드는 작품 하나 고르시죠?"

"그럴까?"

주상이 말과 함께 천천히 복도를 걸으며 하나하나 작품을 감상하고 있는데, 병호의 등을 툭 치는 사람이 한 명 있었다.

병호가 내심 놀라 뒤를 돌아보니 오늘 특별히 초대받은 추사 김정희가 그 제자들과 함께 그의 등 뒤에 서 있었다.

"고맙네!"

벌써 눈시울이 축축한 그를 보고 병호는 담담한 어투로 말했다.

"소생으로서는 단지 실언을 하지 않게 되어 기쁠 뿐입니다."

"암, 절대 실언하지 않았지. 누가 이렇게 훌륭한 전시실을 만들어 마음껏 예술에 전념할 수 있게 할 수 있겠는가? 이는 오로지 김 공의 공(功)이니, 내 많은 제자들과 재인들을 대표해 감사를 표하는 바이네."

"별말씀을 다 하십니다."

"어서 가보시게. 드디어 주상께서 하나 고르신 모양일세."

"네!"

대답한 병호가 총총히 주상 곁으로 다가가니, 그는 한 작품 앞에 서서 넋을 빼뜨리고 있었다.

병호가 보니 전기(田琦)가 그린 '매화초옥도'라는 그림으로 주상의 기호에 잘 맞는 듯했고 오늘의 나들이와도 썩 잘 어울리는 작품이었다.

눈 덮인 흰 산, 잿빛 하늘을 배경으로 눈송이 같이 수없이 피어난 백 매화, 산속 초옥에서 문을 활짝 열어놓고 친구를 기다리며 피리를 불고 있는 초록빛 옷의 선비 하나.

그 화면 왼쪽 하단에 거문고를 메고 벗을 찾아가는 붉은 옷차림의 선비의 모습 등, 그 구성이 매우 짜임새 있었으며 색채의 대비와 조화 또한 매우 뛰어난 작품이었다. 산뜻하고 참

신한 표현 속에 두 사람의 아름다운 우정마저 잘 담겨 있는 작품이 아닐 수 없었다.

이 그림을 감상하며 넋을 잃고 있는 주상에게 병호가 작은 소리로 물었다.

"마음에 드십니까? 전하!"

"음……! 매우 마음에 들어. 마치 오늘과 같은 날씨에 피어난 흐드러지게 피어난 백매화와, 두 선비의 우정도 자네와 나를 보는 듯해 더 내키는구나."

"성은이 망극……."

병호의 말이 여기에 이르렀을 때였다. 주상이 재빨리 병호의 소매를 붙들며 말했다.

"오늘 같은 날은 사양일세. 너무 예의에 밝은 것도 사람을 피곤하게 하는 법이야."

"명심하겠사옵니다. 전하!"

"얼마지?"

"그 아래 작게 쓰여 있는 것이 이 화원이 원하는 값이옵니다. 은 10냥으로 적혀 있군요."

"은 열 냥이면 근 쌀 열 가마 가격인데?"

비싸다는 듯 말하는 주상을 보고 병호가 말했다.

"그래야 화원도 한동안 끼니 걱정 잊고 작품에 전념하죠. 이 그림은 그만한 값어치가 충분하고요."

"이 은괴가 그만한 값이 나갈까?"

"충분합니다. 전하!"

"다행일세. 이 그림을 그린 화원이 예 있나? 과인이 직접 내리고 싶고만."

"소신이 부리고 있는 화원인데 오늘은 바빠 미처⋯⋯."

"꼭 만나보고 싶었는데 아쉽네."

"다음에 기회가 되면 함께 전하를 찾아뵙도록 하겠사옵니다."

"그래, 그렇게 하기로 하고. 이 은을 경이 전해주시게."

"네, 전하!"

주상이 내미는 은덩이를 조심스럽게 받아 병호가 품속에 간직하자, 비로소 그림 앞을 떠나며 주상이 말했다.

"술만 마셨더니 시장하고만."

"수라도 준비되어 있사옵니다. 바로 올리라 할까요?"

"그래주겠나?"

"네, 전하!"

곧 주상을 곁을 떠난 병호는 요정의 총지배인을 불러 상차림을 하도록 지시했다. 그리고 주상 곁에 가니 주상은 또 다른 그림에 푹 빠져 있었고, 다른 대신들도 복도 끝까지 한쪽 벽면을 가득 채운 그림과 각종 예술 작품을 감상하기에 여념이 없었다.

이렇게 일다경이 흐르자 총지배인이 병호에게 다가와 상이 모두 차려졌음을 알렸다. 이에 병호는 주상 곁으로 가 고했다.

"수라상이 준비되었사옵니다. 전하!"

"응, 그래? 어서가세. 시장하네."

"모시겠사옵니다."

말과 함께 병호가 복도 끝을 가리키자, 주상이 빠른 걸음으로 걸어가 장지문을 열었다. 그러자 마치 일본 다다미방 형식으로 떼었다 붙였다 할 수 있는 미닫이문이 전부 떼어진 채, 전체 실내의 중간 부분까지 뻥 뚫려 있었다.

그리고 콩데미 칠을 한 노란 장판이 후끈후끈하게 달구어져 있는 가운데, 일렬로 다닥다닥 붙은 교자상이 그 중간 부분까지 끝없이 이어져 있었다. 여기에 궁중에서나 맛볼 수 있는 산해진미와 각종 술까지 완비되어 있었다.

그러나 이 모든 것도 주상 이하 대신들의 시선을 끌지는 못했다. 실내로 들어온 모든 사람들의 시선을 붙들어 맨 것이 있으니, 오십여 명에 이르는 기생들이었다.

현대의 투피스 감색 양장 차림에 흰 블라우스를 입고, 목에는 온갖 각기 다른 색깔의 머플러를 두른 기생들의 모습에, 모두 압도적으로 시선을 빼앗긴 것이다. 머리 모양 또한 머플러만큼이나 다양한 모습이었다. 길게 기른 머리, 쪽진 머리,

올림머리, 심한 아이는 단발머리를 한 기생도 있었다.

이들의 머리 모양과 복장도 복장이지만 중인들의 시선을 단연 붙들어 맨 것은 이들이 입고 있는 간신히 무릎을 덮은 짧은 치마였다. 이에 노 대신들의 헛기침 요란한 속에, 싱글벙글 기쁨을 감추지 못한 주상이 상 끝 제일 상석에 홀로 앉으며 중얼거렸다.

"궁녀들도 저렇게 입고 다니면 예쁘겠는걸?"

이에 측근에 있다 이 말을 들은 영의정 김난순이 고개 숙여 고했다.

"전하, 저들은 기생이옵고, 이곳이 요릿집임을 잊지 마시옵소서! 소신은 양풍인 것 같아 심히 민망하옵니다."

"하하하! 그런가? 그래도 멋지긴 멋지군."

이에 김난순이 떨떠름한 표정을 짓는데 주상 환이 손까지 동원해 병호를 가까이 불렀다.

"오늘만은 자네가 과인 못지않은 주빈이니 가까이 와 앉도록."

"성은이 망극……!"

"또?"

주상의 말에 어쩔 수 없이 예를 표하다만 병호가 주춤주춤 걸어가니, 눈치를 챈 좌의정과 우의정이 조금씩 자리를 옆으로 이동해, 병호의 자리를 바로 주상 앞에 만들어주었다.

"자, 시장들 할 텐데, 식사부터 하십시다."

"성은이 망극⋯⋯."

"그만들 하고 어서 식사부터 하오."

"네, 주상!"

이에 병호가 손짓을 하자 오십여 명의 기생이 일제히 한 사람 앞에 하나씩 일대일로 시중을 들기 위해, 각자 맡은 사람 위치로 가 반쯤 허리를 굽히고 섰고, 주상 곁에는 두 명의 기생이 달라붙어 시중을 들기 시작했다.

뿐만 아니었다. 닫혔던 중간 부분의 장지문이 마저 스르륵 열리는 것 같더니, 한복을 곱게 차려 입은 오십여 명에 이르는 기생들이 각기 우리의 고유한 관현악 악기를 들고 일제히 연주를 시작한 것이다.

연주곡은 '백성과 더불어 즐기자'는 뜻의 여민락(與民樂)이었다. 그런데 이곡을

'승평만세지곡(昇平萬歲之曲)'이라 부르는 관악기 중심으로 연주를 하다가, 다음에는 현악기가 중심이 되는 '오운개서조(五雲開瑞朝)'로 연주하기도 했다.

전체적으로 바르고, 한가롭고, 태평스러워 백성과 더불어 즐기고자 했던 그 느낌이 살아 있는 음악이었다. 이 음악을 들은 주상이 갑자기 대소를 터뜨리며 말했다.

"하하하! 매일이 오늘만 같았으면 좋겠다. 백성과 더불어 즐

기며 태평성대를 구가할 수 있다면 이 아니 좋은가?"

"성은이 망극하옵니다. 전하!"

"또, 또, 그런 소리 듣자고 한 게 아니라, 정말 매일이 오늘 같으면 얼마나 좋을꼬?"

이때 자리를 비켜주었던 우의정 서기순이 입바른 소리를 고했다.

"한때의 안락을 위해 환난을 잊으시오면 수만 배의 고통이 따라옴을 명심하시옵소서!"

"아무리 새털같이 많은 날이라지만, 인생에 있어서 오늘 같은 날이 과연 며칠이나 될꼬? 하니 오늘만큼만은 과인을 깨우칠 생각 말고, 만사를 잊고 군신이 함께 즐겨보도록 합시다."

"성은이 망극하옵니다."

"자, 자, 음식 맛 떨어지니 그만하고, 어서들 식사나 합시다."

"네, 전하!"

이렇게 되어 식사와 함께 약간의 술을 즐기던 주상이 갑자기 앞자리의 병호에게 물었다.

"소피를 보고 싶은데 어찌 하면 되느냐?"

"저 측면 장지문을 열면 바로 화장실이옵니다."

"그래? 움직일 필요도 없이 한 자리에서 다 빼먹자는 수작인 것 같은데, 참으로 돈 벌이는 잘 되겠구나."

중얼거리듯 낮게 말하며 주상이 방마다 붙은 측면 화장실로 향하자 수행 궁녀가 급히 나타나 뒤를 따랐다. 그러자 주상이 갑자기 버럭 소리를 질렀다.

"쫓아오지 마!"

"네, 네!"

이렇게 수행 궁녀야 난처한 표정을 짓거나 말거나 주상이 사라지자 맞은편에 앉은 금년 62세의 김난순이 병호를 보고 소곤거리듯 말했다.

"내 작품이 벌써 팔렸네."

"네? 경하드리옵니다."

이 말을 곁에서 들은 좌의정 정원용이 웃으며 농을 건넸다.

"영상대감의 서예 솜씨보다, 안동 김문과 영상대감의 위세에 아첨하고자 하는 무리가 선점한 것 아니옵니까?"

"하하하! 그렇게도 생각할 수 있으나, 나는 절대 아니라고 보오."

어떻게 들으면 노여울 수도 있는 말에도 김난순은 자신의 글씨에 자부심을 느끼는지 전혀 개의치 않고 역시 가볍게 받아쳤다.

실제로 그는 과거에 장원급제할 정도로 실력이 뛰어났으며, 안동 김씨인 이유로 일생을 통하여 관력이 순조로웠다.

게다가 문장과 글씨가 뛰어나 여러 제문 행장을 짓는데 참여했다.

어쨌거나 둘의 대화에 병호가 결심한 것이 있으니 고관들의 작품은 손님이 덜 들 2층에 전시를 하기로 한 것이었다. 아무튼 이런 속에서 잠시 후 나타난 주상이 고개를 갸웃거리며 다중이 다 들을 수 있도록 병호에게 물었다.

"무슨 화장실이 저래? 처음 보는데? 앉아서 용변을 볼 수 있는 것인가?"

"네, 전하!"

"거 희한하군. 하긴, 오늘 놀란 일이 어디 한둘인가?"

이어 주상은 다시 자리에 앉아 식사에 임했고 술도 몇 잔 마셨다. 그런 그가 이제는 다른 볼거리를 찾는지 병호에게 물었다.

"달리 준비된 것은 또 없는가?"

"있사옵니다. 전하! 모실까요?"

"그래. 기왕 자리에 임한 것. 어디 끝까지 한번 즐겨보세."

"모시겠사옵니다."

병호가 말과 함께 자리에서 일어나니 주상도 같이 자리에서 일어났다. 이에 모든 대신들이 수저를 놓는 속에서 주상은 먼저 복도로 나갔다.

그러자 갑자기 이상한 일이 벌어졌다. 저 아래쪽 지위가 낮은 자들부터 우르르 한 곳으로 몰려갔으니, 바로 측면에 붙은 각각의 화장실이었다. 종전 주상의 말 때문에 벌어지는 진풍경이었다.

어쨌거나 병호는 곧 들어오는 입구에 위치해 있던 사다리꼴의 단층 건물로 주상을 모시고 들어갔다. 그러자 대신들이 줄줄이 뒤를 따라 실내 안으로 들어왔다.

이곳이야말로 극장식 공연장으로 은은한 조명 속에 전면에는 무대가 설치되어 있었고, 바닥에는 둥근 원형 탁자가 빼곡하게 들이차 있었다.

그런데 문제는 당금 조선의 최고 실세라할 수 있는 50여 명의 문무관원들이 둥근 탁자에 둘러앉아도, 그 면적의 1/3밖에 차지하지 못할 만큼 많은 탁자가 놓여 있었고 공간이 넓다는 점이었다.

아무튼 이 탁자에는 이미 정성 가득한 안주와 각종 술이 놓여 있어 애주가들은 벌써 침을 꼴깍꼴깍 삼키게 하고 있었다. 주상을 모시고 병호가 정중앙 제일 앞좌석에 앉자 삼정승이 바로 좌측 탁자에 자리를 잡았다.

이 모습을 본 주상이 점잖게 말했다.

"모두 이 좌석으로 와 함께 즐겨봅시다."

"네, 전하!"

성은이 어쩌고저쩌고 했다가는 또 한 소리 들을 것을 눈치챈 세 명의 재상이 원형 탁자에 빙 둘러 앉는 것을 시작으로, 다른 대신들도 눈치껏 삼삼오오 짝을 지어 자리를 잡았다.

그러자 갑자기 무대의 가림막이 일제히 걷히며 무대의 전경이 일목요연하게 드러났다. 한마디로 압권이었다.

커다란 무대 위에는 30여 명에 이르는 기생들이 화사하게 장식된 족두리를 머리에 얹고 미색 바탕에 수련 꽃을 수놓은 당의 저고리와 치마를 입고, 양손에는 무선 모양의 꽃부채를 든 채, 저 마다의 미모를 뽐내고 서 있으니, 그 자체만으로도 보는 사람의 눈을 황홀하게 했다.

그런 그녀들이 갑자기 제일 앞에 선 한 기녀의 지시에 따라 날아갈 듯 절을 올리며 일제히 합창을 했다.

"우리 명월관을 많이많이 사랑해 주세요!"

"와아……!"

이 모습에 뒤에 위치한 낮은 지위의 관원들이 일제히 환호하며 박수를 보내는데, 제일 앞에 서 있던 기녀가 무대 앞으로 걸어 나와 입을 떼었다.

"그럼, 지금부터 본 명월관이 자랑하는 부채춤을 선보이겠습니다."

기녀의 말이 끝나자마자 무대 뒤 장막 속에서, 갑자기 신나는 반주가 연주되기 시작했다. 소위 '창부타령'이라는 곡이었다.

노랫가락과 함께 무당들이 부르던 무가(巫歌)로, 점차적으로 세상에 퍼지는, 경기민요의 대표적인 노래였는데, 가락이 멋스럽고 굴곡이 많아 신이 났다. 따라서 연회나 놀이판에서는 최고 절정을 이루는 민요이니, 썩 잘 어울리는 선곡이라 할 수 있었다.

여기에 양손에는 꽃그림과 깃털로 장식된 화려한 부채를 든 화려한 차림의 기생들의 군무(群舞) 또한 시작되었다. 죽선이 갖는 멋과 정취를 한껏 살리며, 부채를 펴고 접고 돌리고 뿌리는 춤사위가 점점 절정을 향해 달려가는 가운데, 가장 앞에 섰던 기녀의 단독 창이 시작되었다.

"사랑, 사랑 사랑이라니, 사랑이란 게 무엇인가, 알다가도 모를 사랑, 믿다가도 속는 사랑, 오목조목 알뜰 사랑, 왈칵달칵 싸움 사랑, 무월삼경(無月三更) 깊은 사랑, 공산야월(空山夜月) 달 밝은데, 이별한 임 그린 사랑, 이내간장 다 녹이고, 지긋지긋이 애태운 사랑, 남의 정만 뺏어가고 줄줄 모르는 얄미운 사랑, 이사랑 저사랑 다 버리고 아무도 몰래 호젓이 만나 소근소근 은근 사랑, 얼씨구 좋다, 내 사랑이지 사랑, 사랑 참 사랑아."

곡의 속도 또한 점점 빨라지는 기운데 한국의 신무용으로 대표되는 부채춤 역시 절정으로 가, 몇몇 무리로 나뉜 기생들이 부채를 아래위로 연이어 맞대 큰 꽃을 그리며 빙글빙글 돌아가자, 곳곳에서 환호와 박수갈채가 쏟아져 나오기 시작했다.

"와아……!"

"잘한다!"

"멋지다!"

"비로소 사람 사는 보람을 느끼겠네그려."

"아무래도 조선의 돈이란 돈은 명월관에서 다 빨아들이겠어!"

"하룻밤 화대가 얼마지?"

"글쎄, 그건 나도 모르지."

온갖 속삭임이 난무하는 가운데 주상 환 또한 흥이 이는지 갑자기 자리에서 벌떡 일어났다. 그리고 체통도 잊고 한바탕 춤사위를 펼치자, 깜짝 놀란 삼정승이 일제히 부르짖었다.

"주상 전하!"

그러나 주상 환은 대신들의 부르짖음에도 불구하고 전혀 개의치 않고 흥이 가실 때까지 춤을 추다가 자리로 돌아왔다. 그리고 세 대신을 바라보고 말했다.

"경들도 알다시피 궁궐이라는 것이 여간 답답한 것이 아니잖소? 헌데 모처럼 궁을 벗어나니 마치 창궁을 나는 자유로운 새가 된 기분이오. 아! 기분 좋다!"

노 대신들이라고 어찌 그의 기분을 모르랴? 8세의 어린 나이에 즉위에 이제 갓 성년이 된 주상으로서는 지금까지 매일매일이 정말 답답한 세월이었을 것이다.

그러나 조정의 고위 문무관원들이 모두 모인 이 자리에서 체통을 잊고 행하는 일탈은 썩 보기 좋은 것이 아니었기에 한 마디씩 하려 했다. 그러나 그 기회는 함께 앉아 있는 또 다른 젊은 놈의 재빠른 화제 전환으로 날아가고 말았다.

"전하! 또 다른 춤이 시연되고 있사옵니다."

"오, 그렇군!"

병호의 말대로 무대 위에는 또 다른 30명의 기생이 올라와 신무용의 하나인 화관무(花冠舞)를 선보이고 있었다.

곱게 단장한 기생들이 궁중무 복식에 오색 구슬로 화려하게 장식한 화관을 쓰고, 긴 색한삼(色汗衫)을 공중에 너풀너풀 뿌리면서 화사하고 고운 춤을 연출하자, 장내 인물들 역시 자신들도 모르게 어깨를 들썩이게 하고 있었다.

잠시 후 이들의 공연이 끝나자 창부타령을 열창한 기녀가 사회자인 듯 장내를 향해 말을 쏟아냈다.

"지금까지 두 가지 공연을 끝냈습니다만, 공연을 열심히 보시느라 약주 한 잔 제대로 잡숫는 걸 못 봤습니다. 그렇게 되면 우리 기생들이 굶어 죽습니다. 지금부터는 잠시 약주들 드시며 담소할 시간을 드리기 위해 악공들의 연주만 들려드리겠습니다. 빈 잔은 채워주시고 잔이 찬분은 일제히 들어주세요. 주상전하의 건배 제의가 계셨으면 좋겠는데, 천녀의 소청을 들어주실는지요?"

사회를 보는 기녀의 말이 끝나자마자 주상이 자리에서 벌떡 일어나 힘차게 말했다.

"암, 들어주고말고."

"전하!"

삼정승이 놀라 부르짖거나 말거나 주상은 전혀 개의치 않고 외쳤다.

"자, 잔을 높이 들어라! 우리 조선이 세세연년 발전하고, 영원무궁 번영을 누릴 수 있도록 기원하는 의미에서, 자, 건배!"

"건배!"

이어 병호가 일어나 갑자기 외쳤다.

"주상전하 천세!"

제 신하들이 따라서 합창을 하기 시작했다.

"천세!"

"천세!"

"천세!"

"천천세!"

"천천세!"

천세 삼창을 마치자 술잔이 일제히 비워지고, 잔이 차는 속에서 중구난방의 어지러운 대화가 한동안 이어졌다. 이렇게 일각이 지나자 남사당패가 등장하여 한바탕 풍물을 잡히고 온갖 기예를 선보이기 시작했다.

이각 동안의 이 공연이 끝나고 또 한 번 술을 마시고 담소하는 시간이 주어졌다. 그렇게 또 일각이 지나자 갑자기 실내의 조명이 확연히 어두워지더니, 느린 곡속에 다섯 명의 기녀들이 무대에 등장했다.

그런데 그녀들의 차림이 장내 인물들의 경악성을 쏟아내기에 충분했다. 모두 살색의 옷에 꽉 끼는 옷을 입은 통에 기녀들의 몸매가 적나라하게 드러났기 때문이었다.

"저, 저런……!"

"우와, 죽인다!"

당혹과 신나는 반응 속에 자신도 모르게 일제히 목울대가 오르내리는 가운데, 기녀들은 이미 설치되어 있는 봉을 잡고 갖은 기예를 선보이기 시작했다.

그런데 그 모습이 여간 선정적인 것이 아니었다. 가랑이를 쩍 벌리는가 하면, 봉을 잡고 여인의 은밀한 부위를 비비기도 하니, 노 대신들의 눈이 차마 민망하여 모로 돌아가고, 젊은 관원들은 휘파람까지 불며 환호했다.

젊은 주상 또한 잠시도 눈을 못 떼는 속에 갑자기 무대에 다섯 개의 횃불이 더 등장하여 분위기를 확 깼다. 그리고 다시 사회 보는 기녀가 등장하여 말했다.

"오늘의 공연은 여기까지입니다. 이것 말고도 수많은 공연이 더 준비되어 있으나, 사장님의 지시로 오늘 공연은 여기서 마치도록 하겠습니다."

"사장이 누구야?"

"더 해라, 더 해!"

"오늘만 날이 아니잖습니까? 매일 다른 내용을 가지고 모시겠사오니, 수시로 찾아오셔서 여흥을 즐기시고, 지친 심신을 추스르고 가신다면 더 없는 영광이겠사옵니다. 그럼, 안녕히 돌아가십시오."

기녀가 돌아서는 가운데 두꺼운 장막이 서서히 무대로 내려오기 시작하자, 장내 인물들 모두 아쉬운 탄성을 금치 못했다. 몇몇 고관만 열외로 하고. 이런 속에서 주상이 삼정승을 보고 물었다.

"공연을 어떻게 보았소?"

"미풍양속을 저해하는 것 같사옵니다. 전하!"

깐깐한 우의정 박회수의 말에 좌의정 정원용이 웃으며 말했다.

"우리야 그렇다 치지만 젊은이들은 혹 빠져들 것 같사옵니다."

이를 받아 영의정 김난순이 말했다.

"좀 심한 면도 있으나 대국적으로 봤을 때 조선에도 이렇게 일탈할 수 있는 장소가 있다면, 패악이 좀 더 줄어드는 순기 능도 있을 것으로 사료되어집니다. 전하!"

이를 받아 주상이 정리하듯 말했다.

"영의정의 말이 맞소. 보는 사람에 따라 관점이 다르겠으나 이제 조선도 강화도를 일부 나라에 연 작금은, 모두 열린 마 음으로 모든 것을 대해야 되지 않을까 생각되오. 자, 끝나지 않는 연회는 없다 했으니 오늘은 이만 파하고, 내일부터는 또 정무에 열심히 임해봅시다."

"성은이 망극하옵니다."

이렇게 주상을 모시고 행한 행궁과 요정의 행사가 성황리 에 그리고 무사히 마무리되었다. 그러나 이는 병호의 관점이 고 실상은 그 후폭풍이 만만치 않았다.

*   *   *

모두가 돌아간 이날 저녁.

명월관 후원의 소축에서는 병호를 중심으로 주요 인물들이 모여 저녁상을 앞에 두고 오늘의 일을 평가하고 있었다.

그 면면은 정보부장 이파, 수행부장 홍순겸, 명월관 총지 배인으로 신분 세탁(?)을 한 검계 계주 정충세, 그리고 역관 오응현과 이상적 등이었다. 이중 먼저 입을 연 것은 이파였다.

"대체로 성공적이었으나 몇몇 문제도 노정되었습니다. 특히 소인은 안동 김문의 주요 인물들의 반응을 면밀히 살핀 결과 그들에게는 금번의 행사가 좋지 않을 결과를 낳을 것으로 보여집니다."

"무슨 소리요? 좀 더 구체적으로 말해보시오."

병호의 말에 이파가 앞에 놓인 자신의 술잔을 들더니 단숨에 비우고 입을 떼었다.

"김좌근, 문근, 흥근 모두 사장님이 주상과 대왕대비마마의 총애를 받는 것을 보고 시종 표정이 좋지 않았습니다. 이것이 무엇을 말하느냐? 지금은 필요에 의해 사장님을 그냥 놔두지만, 나중에 그들이 더욱 확실하게 정권을 잡았다고 생각될 때에는, 토사구팽이라는 단어도 생각할 시점에 왔다고 봅니다."

"그 정도였소?"

"틀림없사옵니다."

"흐흠……!"

병호가 심각한 안색으로 침음하는데 홍순겸이 자신의 견해를 피력했다.

"설령 백번 양보하여 아니더라도 미리 대비하여 나쁠 것은 없다고 사료되어집니다. 사장님!"

"동감입니다. 사장님!"

이상적마저 동의를 표하는 가운데 병호는 깊은 생각에 잠겨 아무런 말이 없었다. 그러자 정충세도 한마디했다.

"오늘 공연의 반응을 보고 느낀 점은 일부 완곡한 관료들에 의해 사장님의 탄핵이 진행되지 않을까 매우 우려하는 바입니다. 따라서 공연의 수위도 좀 낮추는 것이 좋겠습니다."

"좋소. 그렇게 하기로 하고, 안동 김문에 대한 대책도 세워야겠소. 지금까지 우리의 모든 연구시설이 조정의 간섭 없이 진행될 수 있는 것도 저들의 음으로 양으로 지원이 있었기 때문이오. 하지만 그들이 나에 대한 지지를 철회하는 날, 내가 죽을 이유는 아마 백 가지도 넘을 것이오. 하니 교토삼굴(狡兔三窟)이라고 최악의 경우 반격할 거점을 지금부터라도 만들어 두는 것이 좋겠소. 그에 대해서는 빠른 시간 내에 추진할 것이니 그리 아오."

"네, 사장님!"

이때 밖에서 고하는 장쇠의 목소리가 들려왔다.

"오늘 초대된 유수의 상인들이 도착했습니다. 나리!"

"아, 그래! 하면 각 상단들의 대방들만 매옥(梅屋)으로 모시도록."

"알겠습니다. 나리!"

"자, 서둘러 저녁을 끝내고 각자 일들 봅시다. 하고 누구나 하실 말씀이 있으면 오늘과 같이 언제든지 기탄없이 말해주시오."

"알겠습니다. 사장님!"

고개를 끄덕인 병호는 대충 식사를 마치고 이파와 홍순겸을 데리고 매옥으로 향했다.

메옥은 지금 이들이 모여 있는 곳이 춘옥(春屋)이듯이 후원에 별도로 지은 독립된 별채로, 이곳은 예약된 특별 손님만 받게 되어 있으며, 하룻밤 여흥 비용도 상당한 고가였다.

극장공연을 행하는 곳의 입장료가 1회 다섯 냥인데 비해, 춘하추동, 매란국죽 여덟 개의 소축은 스무 냥에 갈음했다.

아무튼 병호가 두 사람을 데리고 매옥마당에 도착해 헛기침을 하자, 문이 열리며 가장 친분이 두터운 두 사람이 일제히 나와 병호를 맞았다. 만상의 박수형과 송상의 공영순이었다.

"이거 주객이 전도된 것 같습니다. 주인인 내가 맞아야 할 것을……."

"아무려면 어떻습니까? 초대해 주신 것만 해도 영광이죠."

박수형의 말에 병호가 고개를 끄덕이며 말했다.

"자, 들어갑시다."

곧 병호가 방 안으로 들어서니 두 사람이 서 있었다. 한 사람은 경상의 김재순이었고, 한 사람은 모르는 사람이었다.

"아, 내상의 정현수(鄭賢水) 대방은 잘 모르시죠?"

김재순의 말에 병호가 먼저 정중히 고개를 숙이며 자신을 소개했다.

"김병호라 합니다."

"말씀은 많이 들었습니다. 내상의 정현수라 하옵니다."

사십 중반의 무던하게 생긴 정현수와의 상견례가 끝나자 병호가 말했다.

"자, 다들 앉으십시다. 오늘 삼 년을 끌어온 명월관을 개업하는 자리에 고관들은 모시면서, 우리 상계의 태두들을 나 몰라라 하는 것은 있을 수 없는 일이므로 모시게 되었습니다."

"영광입니다."

모두 주억거리는 것으로 화답을 하는 가운데 오늘 초면이라 어려운 정현수만이 말과 함께 고개를 조아렸다.

이때 밖에서 고하는 소리가 들려왔다.

"주안상을 들이겠습니다."

"그래라."

병호가 답하자 문이 열리며 하인 네 명이 두 개의 교자상을 들고 나타났다. 곧 안에 있는 교자상에 차려온 음식이 옮겨지고 하인들이 나가자 병호가 술병을 들고 말했다.

"자, 한 잔씩 합시다."

이때였다. 경상의 김재순이 나서서 말했다.

"그전에 드릴 말씀이 있습니다."

"무언데 그러오?"

"입이 근질거려 도저히 못 참겠어서 알려드립니다만, 국외로 양이의 조선 기술을 배우러 갔던 기술자 백 명이 어제 돌아왔습니다."

"그래요? 거, 듣던 중 반가운 소리군요. 아주 잘됐습니다. 자, 자세한 이야기는 우선 술 한 잔씩을 들고 나누도록 합시다."

"그러시죠."

각자 술을 한 잔씩 치자 병호가 건배 제의를 했다.

"우리 상계의 무궁한 발전을 위하여 건배라도 합시다."

"좋지요!"

만상의 박수형이 동의하는 가운데 경상의 김재순이 말했다.

"무역의 이를 독점해도 될 것을 골고루 나눠주신데 대해 깊이 감사드립니다."

"허허, 경상이 그러시면 우리 내상도 질 수 없지요. 초량왜관만이 아닌 나가사키까지 무역로를 열어주셔서 진심으로 감사드립니다."

"하하하……! 모두 아첨일색이니 우리는 뭐로 감사를 표하죠?"

"하하하……!"

송상 공영순의 농담에 모두 대소를 터뜨리며 즐거운 마음으로 잔을 일제히 비웠다. 그러자 병호가 다시 입을 떼었다.

"오늘 여러분들을 모신 것은 명월관의 개관도 개관이지만 우리의 공통 애로사항인 무역선 문제를 해결하기 위해서요. 물론 지금까지는 급하니 다른 나라에서 사들여 이 문제를 해결했으나, 그렇게 되니 어렵게 번 돈이 외국으로 새나가는 문제가 있소. 해서 이 문제를 해결하려 여러분들을 모셨는데 때마침, 경상에서 파견한 선박 기술자들도 돌아왔다니 더욱 잘됐소이다."

여기서 갈증이 나는지 급히 술 한 잔을 따라 마신 병호의 말이 이어졌다.

"아무튼 이제는 조선도 자체적으로 선박을 건조해야 하는바, 내 생각으로는 전 조선공을 한곳에 모아 대규모 조선소를 조성하고, 이를 공동 투자하여 공동으로 운영했으면 어떨까 해서 제안을 드립니다. 어떻게 생각하십니까?"

"훌륭한 제안입니다."

"좋지요. 우리는 김 사장의 제안에 적극 찬성입니다."

"불감청일지언정 고소원이올시다."

박수형, 공영순, 정현수가 이렇게 적극 찬성하는데 비해 선박건조를 독식하거나, 최소 병호의 조양물산과 합작을 생각했던 경상의 김재순만이 떨떠름한 표정으로 답했다.

"모두 그렇게 나오니 우리 경상만 반대할 수가 없군요. 하지만 지분만은 기술자를 미리 양성하는 등의 공이 있으니, 이 부분 등을 감안해 우리 경상에게 조금 더 안배해 줬으면 좋겠소이다."

"지분도 문제지만 양이 선박 기술자들을 확보했으면 그것도 건조가 가능하다는 이야기인데, 조정에서 양이 선박 건조를 과연 용납할까요?"

"일부 개항도 된 마당이니 윤허하지 않겠소?"

만상 박수형의 의문에 송상 공영순이 낙관적인 견해를 제시했다. 그러자 이를 들은 병호가 받았다.

"그 문제는 내게 맡기시오. 내일 중이라도 내 주상전하를 찾아뵙고 윤허를 받아낼 테니까."

"이러니 아무리 바빠도 김 사장의 초대에 불응할 수 있겠소? 하하하!"

"하하하……!"

공영순의 말에 모두 따라 웃는 가운데 정현수가 질문을 했다.

"하면 조선소 위치로는 어디가 좋을까요?"

질문이 끝나자마자 병호가 서둘러 답변을 했다.

"경흥(慶興)이 좋겠소이다."

"그 먼 북방이면 너무 멀고 외지지 않습니까?"

김재순의 이의 제기에 모두 공감한다는 듯 고개를 주억거리자 병호가 말했다.

"조선소는 어차피 목재가 풍부한 곳에 지어야 할 터. 경흥은 함경산맥의 여맥이 경흥 서쪽까지 뻗어 목재가 부족함이 없는 데다, 나진은 천혜의 항구요, 게다가 조선 팔도로 보면 이 지역이 가장 낙후되었으니, 이 북쪽 지방을 적극 개발한다고 하면, 주상이나 중신들 또한 이로인해서라도 더욱 적극적으로 찬성할 것인즉 그렇게 하도록 합시다."

"그렇게 해주시겠죠?"

모두 탐탁지 않은 표정들이었으나 병호가 재차 촉구하자 어쩔 수 없다는 듯 모두 동의했다.

병호만 해도 원래 조선소를 이곳에 유치할 생각은 전혀 없었다. 그러나 얼마 전 이파의 말로 인해 경각심이 생기자, 일단 유사시 연해주가 가까운 이곳에 제반 기반 시설을 만들어 장차에 대비할 생각을 했던 것이다.

애초 병호의 계획은 한국의 조선소가 밀집해 있는 거제도 쪽을 생각하고 있었다. 또 조선소 운영도 이들 전체와 합작하는 게 아니라 경상과만 합작할 생각이었다. 그러나 경각심이 생기자 조선의 사대 상계를 모두 끌어들여, 이들을 더욱 자신과 긴밀한 관계로 맺어놓기 위해 이런 계획을 조금 전에 세웠던 것이다.

아무튼 장소가 해결되자 병호는 곧 지분 문제에 대한 발언을 했다.

"지분 문제는 이렇게 합시다. 우선 경상이 그간의 애쓴 점을 감안하여 100으로 가정할 때 25, 그리고 나머지 각 상단이 15, 그러면 30이 남는데 우리가 30을 갖겠습니다."

"하면 공동 운영하자는 취지에 반하는 것 아닙니까?"

내상 정현수의 질문에 병호가 급히 손을 저으며 답했다.

"그 대신 지금까지 지분을 전혀 나누어주지 않았던, 유리, 시멘트, 종이에도 여러분들의 지분참여를 허락하겠습니다. 단 각 상단 공히 1할 2푼입니다."

"1할 2푼의 지분이 얼마의 돈을 내야 하는 것이오?"

"좋은 질문이십니다."

일단 경상 김재순을 추어준 병호가 답했다.

"각 업종마다 200만 냥씩만 내십시오."

"무슨 말도 안 되는… 200만 냥이면 그 공장을 사고도 남을 것입니다."

병호가 김재순의 말에 급히 손을 흔들며 입에 거품을 물기 시작했다.

"절대 그렇지가 않습니다. 무슨 사업이든 미래 가치가 있게 마련인데, 유리를 제외하고는 모두 청국과 왜, 좀 더 있으면 근린 제국에 모두 수출할 제품들입니다. 하면 그 수입이 연간 얼마나 되겠습니까? 물론 지금도 계속 설비를 확장하고 있지만, 끊임없이 확장을 해도 미처 수요를 따라가지 못하는 것들이 이 업종입니다. 따라서 단언컨대 최소 5년이면 원금을 회수할 것이고, 그 나머지는 들어오는 대로 수익이 되는 알토란같은 사업이란 말입니다. 따라서 저는 강요할 생각이 없습니다. 그러니 참여를 하든 말든 그건 알아서들 하십시오."

병호의 단호한 말에 서로의 눈치를 보던 사대 상단의 우두머리 중 송상의 공영순이 제일 먼저 참가 신청 발언을 했다.

"나는 김 사장님을 절대적으로 믿습니다. 머리털 나고 김 사장님같이 사업 수완이 뛰어난 분은 처음 봤고, 같이하는 사업마다 순풍에 돛 단 듯 순조롭고, 많은 이익금을 남기고 있으니까요."

"대신 수출할 수 없다는 유리에 한해 100만 냥으로 낮춰주시는 건 어떻습니까?"

김재순의 제의에 병호가 다시 입에 거품을 물었다.

"우리만 해도 그렇습니다. 판유리는 크기 자체의 문제로 가급적 합작으로 현지 생산을 원칙으로 하지만, 특히 내열유리는 지금도 유럽까지 판매되고 있는 실정으로, 이 역시 계속

확장을 해도 수요를 따라가지 못하니 죄송하지만 그럴 생각이 전혀 없습니다."

"허, 거참! 두 분은 어찌할 생각이시오?"

김재순이 박수형과 정현수를 보고 묻자 박수형이 지체 없이 답했다.

"우리는 무조건 참여합니다."

"오래전부터 합작을 해온 두 상단이 저렇게 절대적인 믿음을 가지고 있으니, 우리로서도 빠질 수가 없군요. 우리 내상도 참여할 랍니다."

"참 내, 조선 제일 상단이라 자부하는 이 경상의 김재순이, 김 사장님의 앞에만 서면 초라해지니, 참으로 기분 언짢지만 어쩔 수 없이 우리도 참여는 해야겠습니다."

"하하하……!"

김재순의 말에 나머지 상단의 대방들이 웃음을 터뜨리는 가운데 병호는 자신의 마음을 돌아보았다. 이들에게 좀 전에 언급한 세 업종까지 이들의 지분 참여를 허락하게 된 배경은 전에 없던 경각심 때문이었다.

만일 김좌근을 중심으로 한 인물들이 자신을 용도 폐기한다면 그 시기가 언제쯤일까 생각해 보았다. 그러자 병호가 제반 사업을 모두 일궈 안정적으로 돌아가고, 자신이 좌근에게 예언한 대로 당금 주상이 승하하는 7년 후가 적기가 아닐까 생각했다.

그때 가서는 안면 몰수하고 병호가 운영하던 사업을 적몰하여 문중의 사업으로 돌린 후, 그 자금을 기반으로 신왕을 꼭두각시로 만들어 계속 문중의 집권을 꾀한다는 것이, 가장 합리적인 안이라 생각했다.

만약 그렇게 되어도 한입에 다 삼킬 수 없게 미리미리 손을 쓰자는 취지가 지금의 합작 제의였다. 각 상단에는 상인만 있는 것이 아니라, 그 배후에는 권문세가를 비롯해 토착 향반의 푼돈까지 얹어져 장사가 영위되고 있다. 거기엔 함부로 삼키지 못하게 하는 의도가 있고, 더 나아가 그들을 자신의 수중에 끌어들이려는 의도 또한 내포된 행위라 할 것이다.

더 나아가 미리미리 운영자금을 확보하여 계속해서 다른 업종까지 진출하려는 의도 또한 있었다. 아무튼 미래가치까지 감안하여 아주 잘 팔아먹은 것이 되자, 병호는 내심 기분이 무척 좋았지만 겉으로는 이를 전혀 드러내지 않고 말했다.

"자, 이제 조선업의 자본을 얼마로 했으면 좋을지 논의해 봅시다. 나는 1할 5푼의 지분을 가진 각 가문이 100만 냥씩을 출자한다면, 그에 비례해 경상과 우리가 투자하는 것이 어떤가 생각하고 있는데, 각 대방님들의 의견은 어떤지 말씀해 주시죠?"

"그렇게 되면 기존 세 업종에 조선까지 아무리 각 상단이 막강해도 자금 흐름에 큰 지장이 생길 것 같습니다."

만상 박수형의 말에 병호가 고개를 끄덕이다 말했다.

"기존 세 업종에 대해서는 3년의 기간을 드리겠습니다. 그러니까 3년 동안 600만 냥을 납부하는 것이니, 연 200만 냥으로 그 정도면 숨 쉴 만하지 않습니까?"

"그렇게 해주시는 것은 고마운데, 조선업을 얼마나 크게 하실지 몰라도 자본 규모가 너무 큰 것 아닙니까?"

정현수의 근심에 병호가 별것 아니라는 투로 답했다.

"그래봐야 어림잡아 800만 냥이 조금 넘는 것 같은데, 이 정도는 돼야 세계의 해운 업계를 주름잡지 않겠습니까?"

"참으로 입만 열면 100만 냥은 우습게 아시니, 원,"

"배포는 또 어떻고요?"

박수형과 공영순의 투덜거림에 병호가 말했다.

"사업도 앞으로는 이 작은 조선만이 아니라 세계를 상대로 계획하고 추진해야 합니다. 그래야만 후발 주자인 우리가 살아남지, 아니면 머지않은 장래에 양이의 하수인으로 전락할 수도 있습니다."

"흐흠⋯⋯!"

"그 역시 3년의 기간을 두고 자본을 완납하는 것이 어떻겠습니까?"

정현수의 제의에 병호가 딱 잘라 말했다.

"2년으로 합시다. 그 이유는 최소 5만 이상의 도시가 들어설 정도로 대규모 조선소를 운영하려고 하니 초기 투자 자본이 많이 들어서 그렇습니다."

"북방에 그 정도 도시 건설을 한다는 것은 조선의 전 조선공과 그 가족들을 거의 다 끌어들인다는 계획 아니십니까?"

"그렇습니다. 그래야만 늘어나는 물동량에 맞추어 선박을 댈 수 있을 것입니다."

계속된 정현수와 질의응답이 끝나자 어쩐 일인지 김재순이 제일 먼저 승낙하는 발언을 했다.

"선박의 수요가 그렇게 많다는 것은 즐거운 일이니, 우리는 더 이상 재지 않고 김 사장님의 의견에 따르겠습니다."

"두 번째 부담금이 많은 경상이 수용한다는데 우리 송상도 질 수 없죠."

"우리 만상도 따르겠습니다."

"이거, 내상만 얕잡아 보일 수는 없는 노릇이죠."

"좋습니다. 밖에 게 아무도 없느냐?"

"네, 나리! 장쇠 대령이옵니다."

"아이들을 들여라!"

"네, 나리!"

이렇게 되어 사업 이야기는 끝나고 곧 기생들이 들어와 분위기를 띄웠다.

*   *   *

다음 날 오후.

병호는 오후가 되어서야 주상에게 독대 신청을 했다. 마음 같아서는 오전 일찍 주상을 뵙고 싶었지만, 그간 미루어졌던 윤대(輪對) 계획까지 잡혀 있는 것을 알고는 오후로 미루었던 것이다.

아무튼 병호가 주상을 만난 시간은 미시 초로 주상도 금방 수라상을 물린 뒤였다.

"어제는 정말 경 덕분에 즐겁고, 잊지 못할 하루를 보냈소."

"즐거우셨다니 다행입니다. 전하!"

"그래, 무슨 일 때문에 과인을 보자고 했는고?"

"오늘은 선박 건조 문제 때문에 찾아뵈었습니다. 전하!"

"왜? 조선소라도 짓게?"

"네, 저 함경도 북쪽 경흥에 짓고 싶습니다."

"그 외진 곳에?"

"아뢰옵기 황송하오나 근년 홍경래의 난을 보아 알 수 있듯이 조선에서 가장 불만 많은 백성들이 있다면, 함경도를 비롯한 서북 지방의 백성들일 것이옵니다."

"그야 모두 알고 있는 일로, 삼남 지방의 인구를 그쪽으로 흩어 놓으려 해도 역대 선왕들 모두 실패하고 말았잖은가?"

"해서 신은 그곳에 최소 10만 이상의 도시를 조성하려 합니다."

"10만?"

깜짝 놀란 주상이 무의식적으로 반문하고 자신의 생각을 말했다.

"10만이면 아마 한양을 제외하곤 가장 큰 도시가 될걸?"

"그렇습니다."

"그러니까 그렇게 큰 도시가 조성될 정도로, 큰 조선소를 그곳에 만들겠다는 것 아니오?"

"조선소만이 아니고 일전에 아뢴 무산 철점에서 생산된 철을 이용해 그곳에 제철소도 지으려합니다. 바로 부근에 아오지를 비롯한 탄전도 많아 매우 유리한 입지 조건을 갖추고 있습니다. 이렇게 되면 인구도 분산되고, 그곳의 인원을 우선 채용하여 역부로 부릴 예정이니 그곳 백성들의 불만도 적어질 것이옵니다. 전하!"

"다 좋은데 조선소로서 그곳의 지형 조건은 어떻소?"

"소신이 파악한 바로는 나진만의 길이가 장장 25리에 달하여, 대형 선박(1만 톤 이상)이 자유롭게 출입할 수 있습니다. 더하여 만의 입구에는 대초도와 소초도 등 크고 작은 섬이 가로로 놓여 천혜적인 방파제를 이루고 있고, 수심이 깊어 우리나라 최북단의 웅대한 부동항으로 발전시킬 요소가 충분하옵니다. 전하!"

일단 말을 끊었던 병호가 급히 다시 아뢰었다.

"거기에 전부터 군마 목장으로 운영되어 왔으나 지금은 유명무실해진 대초도와 소초도 등 크고 작은 섬들을, 명실공히 군마 목장으로 다시 육성하여 조랑말화가 되고 있는 조선의 마 시장을 근본적으로 개혁하고 싶사옵니다. 전하!"

"하하하! 경의 생각은 항상 치밀하고 범인의 상상을 초월하는 바가 있네. 그런데 그렇게 잘난 것도 때로 화근이야."

"무슨 말씀이신지?"

"벌써 어제의 일로 경을 탄핵하는 상소가 올라왔어. 하니 머리도 식힐 겸 2월 초하루에 출발할 통상사절단의 일원으로, 당분간 해외에 나갔다 오는 것이 어떻겠소?"

"소신은 금방 아뢴 일을 한동안 강력 추진할 생각이니 해외에 나가 있는 것과 진배없는 결과가 될 것이옵니다. 전하!"

"경이 빠지면 제대로 통상조약이 체결되겠소?"

"지난번의 경험도 있고 하니 정사 부사를 그대로 선임하신다면, 무난하게 소기의 목적을 달성할 수 있을 것으로 아뢰옵니다. 전하!"

"흐흠……!"

"전하!"

병호의 부름에 주상이 눈썹만 움직여 '왜 그러느냐' 물었다.

"금번에 지을 조선소에서는 양이 선박도 건조할 계획이온데……."

"조선의 배로는 안 되나?"

"조선의 배가 근해에는 뛰어난 성능을 발휘하나 원양항해에는 적합하지 않을 것으로 밝혀져, 작금 각 상단에서 운영되고 있는 무역선은 대부분이 해외에서 사들인 것으로 아옵니다. 전하!"

"그렇군. 그래서 국부 유출을 막기 위해서라도 양이선과 같이 원양항해에 적합한 선박을 짓겠다?"

"아니면 하등 조선소를 그렇게 크게 지을 이유가 없사옵니다. 전하!"

"하긴 개항을 추진하고 있는 마당에 그런 것을 만들지 못하게 하는 것이 더 우스운 일이겠지. 마치 다 자란 성인에게 어린아이 옷을 입으라고 강요하는 것과 같은 이치랄까?"

"명철하시옵니다. 전하!"

"됐고. 정, 통상사절단에 참여할 의사가 없는 것인가?"

"통촉하여 주시옵소서! 전하!"

"됐네. 정 그렇다면 할 수 없지. 다른 사람을 선임하는 수밖에는."

"……."

병호가 아무 말이 없자 주상이 물었다.

"또 할 말 있나?"

"없사옵니다. 전하!"

"내 조선소와 제철소 건은 조선 국왕의 권위를 걸고 강력하게 후원할 테니, 열심히 하여 우리 조선을 하루라도 빨리 부강한 나라로 만들어주시게."

"신명을 바치겠나이다. 전하!"

"좋아, 좋아! 경만 만나면 이렇게 즐거운데, 대신들만 만나면 따분하고 골이 지끈지끈 아프나, 원!"

"만기(萬機)를 친람하시다 보면 때로 역정 나시는 일도 많으실 것이오나, 꾹 참고 행하셔야 할 것이옵니다. 허나 어제와 같은 여흥은 지나치지만 않으시다면, 때로 행하시는 것도 옥체를 강건하게 하시는데 도움이 되실 것이옵니다. 전하!"

"역시 날 제대로 이해해 주는 사람은 경밖에 없어. 종자기와 백아 같은 사이랄까?"

"잠시 못 뵙게 되더라도 용서하여 주십시오. 전하!"

"간혹 경을 만나는 것이 과인에게는 유일한 위로이자 재미였는데, 한동안은 정말 재미없겠군. 경도 몸조심하고."

"성은이 망극하옵니다. 전하!"

처음에는 이용하고자 접근했지만 점점 마음으로 다가오는 주상을 보면서 병호는 눈시울이 뜨뜻해지는 것을 금할 수 없었다.

이날 저녁 병호가 집으로 돌아오니 김좌근으로부터 보내 온 사람이 와 있었다. 자신을 호출하기 위해서였다. 이에 병호는 저녁도 먹지 않고 그의 집에 들렀다. 그는 사간원 사헌부에 어제의 일로 다수의 탄핵 상소가 올라왔는데 자신이 직접 막았다. 그런데도 일부 승정원으로 올라온 것이 있어, 경한 내용만 주상전하께 올렸다는 말을 자랑스럽게 했다. 이에 병호는 몇 번이고 감사를 표하고 돌아왔다. 그러나 좌근은 끝내 조심하라는 등 병호를 깨우쳐주는 말을 하지는 않았다.

그런 것을 보고 병호는 더욱 경각심이 생겼다. 이에 병호는 서둘러야겠다는 생각을 했다. 그래서 병호는 다음 날 측근들을 전부 조찬 상머리에 불러 앉혔다. 그리고 각자의 임무를 맡겼다.

홍순겸을 나진에 세울 조선소 및 제철소, 목장 등을 통합할 부장에 임명하여 그곳에 행할 사업에 대해 세부 지침을 주고 전부 그에게 맡겼다. 그리고 오웅현에게는 신규로 전개할 담배 사업을 맡겼다.

즉 '풍년초'라 하여 우선 잎담배를 수매하여 이를 썰어 봉지에 담아 파는 사업부터 시작하여, 최종에는 권련과 여송연을 만들어 팔도록 했다. 물론 그에게 권련 모양의 그림도 그려 보여주는 등 사업 전반에 대해 세세한 설명을 했다.

또 이상적에게는 유럽 파견 제의를 했다. 즉 지금까지 유럽의 특허를 대행하는 것은 물론 그로인해 들어오는 수익금까지 모두를 화란의 대상인 배르바흐에게 맡겨왔다.

하지만 이제 그 수익금이 장난 아니게 들어오기 시작하는지라 이를 적극적으로 관리할 사람이 필요했다. 더구나 요즈음은 병호의 사업에서 완전 손을 떼고 포교에 전념하고 있는 앵베르 신부로부터도, 유럽에 있는 신부나 정하상 등을 귀국시켰으면 좋겠다는 내용을 자꾸 인편에 전해오고 있는 판이었다.

그래서 병호는 이상적에게 조선의 유학생들을 관리하고, 앞으로 낼 특허출원 및 로열티 역시 관리하도록 하는데 동의를 얻어냈다. 그리고 병호는 추가로 몇 가지 지시를 더 내렸다.

즉 유진길만 남기고 조선에서 건너갔던 사람을 전원 귀국시킬 것. 또 틈틈이 제작한 브래지어와 생리대, 마스카라, 화장지, 티슈 등의 특허를 유럽 각 나라에 특허 출원토록 했다. 물론 이에 필요한 사람은 현지인을 고용해 실행하도록 했다.

이어 병호는 이파에게도 임무 하나를 더 부여했다. 지금까지 미온적으로 해왔던 김문 전체에 대한 감시를 철저하게 하라는 지시였다.

이 모든 지시가 끝나자 병호는 조반은 드는 둥 마는 둥하고 바로 한강 건너 연구실로 직행했다.

그리고 병호는 사무실에 도착하자마자 무관 출신 경비 대장 박은조를 사무실로 호출했다.

"부르셨습니까, 사장님?"

"네, 거기 앉으세요."

"감사합니다, 사장님!"

"요즘 근무하기는 어떻습니까?"

"3교대를 행하니 아주 편합니다. 게다가 삼 일에 한 번씩 휴일까지 있으니 이런 알자리가 없다싶습니다. 봉급 많이 주고."

끝말은 작게 말했으나 그의 솔직한 말에 병호가 웃으며 말했다.

"하하하! 좋습니다. 헌데 어쩌죠?"

"무슨 일이 있습니까?"

"경비대를 대폭 보강하려 합니다."

"그게 사장님의 우려 사항은 아니신 것 같습니다만?"

"훈련 강도를 아주 세게 하여 진짜 군인을 만들려 합니다."

"네?"

병호의 뜬금없는 말을 이해 못한 박은조의 반응에 병호가 곧장 답했다.

"금번에 조선소 등 신규 공장 및 일터가 또 많이 늘어납니다. 해서 지금 600명의 경비원을 2천 명으로 대폭 늘리되, 기존 경비원부터 순차적으로 신규 교육을 이수케 할 작정입니다. 그 훈련소도 완성되었다는 보고를 받았습니다."

"그곳이 어디입니까?"

"고군산군도 내의 무녀도. 그곳의 1기 교육 대상자로 100명을 우선 경비 대장께서 선발해 주세요."

"훈련을 시킬 교관단은 있습니까?"

"내가 직접 시킬 것이오."

"네?"

"나만이 아는 교육 방식이기에 이를 누구도 대체할 수 없어서 그리하는 것입니다."

"그렇군요."

"1기는 앞으로 들어올 훈련생을 계속해서 교육시켜 내보내야 하니, 이 기준에 맞추어 100명을 선발해 주시고, 경비 대장님은 이제 훈련 대장이 되는 겁니다."

"그전에 우리가 빠지면 근무할 경비부터 충원해야겠군요."

"우선 1차로 400명을 선발해 주시고, 두 달마다 400명씩 선발하여 총 2천명을 맞추는 것으로 합시다."

"알겠습니다, 사장님! 헌데 지금도 놀고 있는 무관들이 많은
데 여전히 이들을 선발해도 되는 것입니까?"

"물론입니다. 그들 아니면 검계 계원 아니면 가급적 우리 회
사에 근무하는 직원의 자녀로 선발해 주세요. 내 각 사업장에
도 통보를 해놓겠습니다."

"알겠습니다. 사장님!"

"자, 내 지시 사항은 여기까지입니다."

"선발은 언제까지 마치고, 교육생들은 언제 내려갑니까?"

"새로 선발된 인원들이 익숙하게 제 임무를 수행할 수 있을
때 내려오세요. 하고 교육 기간은 1개월이니 이를 아시고 진
행하면 편리하실 것입니다."

"명심하겠습니다. 그럼, 이만!"

"수고하세요."

"네, 사장님!"

그가 나가자 병호는 수행한 이파를 불러들여 각 사업장에
통보해 경비 지원자를 모집하도록 통보하도록 했다.

그리고 병호는 이파에게 비밀리에 지시한바 있는 군용 물품
도 금번에 일제히 무녀도로 반입토록 했다.

*　　　　*　　　　*

자신이 계획한 일을 모두 끝내자 병호는 전 수행원들을 데리고 고군산군도로 향했다. 수행원 중에는 금번 주상에게 매화초옥도를 팔아먹은 전기와 여전히 통역관으로 수행 중인 최양업이 있었다.

배에 오르자 옆에 앉은 전기에게 병호가 물었다.

"주상전하께 그림을 판매한 소감이 어떤가?"

"소인으로서는 일생일대의 영광입죠."

"하하하! 그래, 앞으로도 더 정진하라는 뜻도 있으니 더 열심히 해보시게."

"알겠습니다. 사장님!"

이때 통역 최양업이 갑자기 볼멘소리를 했다.

"소인은 언제까지 사장님을 수행해야 합니까?"

"아니래도 프랑스에 거주하고 있는 사람 중 유진길을 제외하고는 전부 조선으로 들어오라 했으니, 그쪽 사정이 좀 나아지겠지."

"그들이 들어오면 그때는 소인도 사장님 곁을 떠나면 됩니까?"

"형편이 나아지면 더 열심히 근무할 생각을 해야지, 자꾸 떠날 생각만 하면 어떻게 해?"

"……"

병호의 질책에 대꾸는 하지 않았지만 최양의 표정은 여전히 불만에 차 있었다. 그래서 병호가 달랬다.

"내 유능한 통역관이 생기는 대로 풀어줄 테니 너무 그런 표정 짓지 마시게. 아니래도 금번에 대대적으로 통역관을 양성하도록 지시를 했으니까."

"알겠습니다."

본래 선교를 위해 병호를 돕게 된 것이 이제는 앵베르 교구장 등은 포교에 임하고 있지만, 자신은 여전히 병호를 위해 일해야 된다는 것이 못마땅했던 그가, 결국은 어쩔 수 없이 승복하고 말았다.

다음 날 늦은 시간 병호는 선유도 비밀 연구소에 그 모습을 드러냈다. 그것도 그가 가장 뜨거운 관심을 갖고 있는 소브레로의 연구실이었다.

"어떻소? 성과가 좀 있소?"

"아이고, 깜짝이야?"

여전히 연구에 열중하고 있어, 누가 곁에 와 있는 줄 모르고 연구에 전념하던 소브레로가, 갑자기 들려오는 말소리에 놀라 보이는 반응이었다. 아무튼 병호임을 확인한 그가 답했다.

"구리 탄환은 이미 만들어 놨고요. 베세머와 함께 대포에 쓰일 포탄 제작에도 성공했습니다."

"하하하! 역시 당신은 천재군. 그 몇 개월 사이에 이런 성과를 내다니 말이야."

"기반이 다 갖춰져 있고, 손에 쥐어주기까지 했는데 못 만드는 사람이 바보죠."

"그래도 역시 대단해!"

병호가 엄지까지 치켜세우자 소브레로의 입이 더 헤벌어졌다.

"다이너마이트는?"

"그 역시 손에 쥐어준 것이나 다름없으니 언급할 가치도 없죠."

"장가를 들더니 더 성과를 내는 것 같은데?"

"이젠 와이프와 배 안에 든 새 생명을 위해서라도 조선을 위해 더 열심히 일해야죠. 그나저나 월급이나 더 올려주세요."

"그것도 부족한가? 일반 조선 노동자의 20배인데?"

"아까우십니까?"

소브레로가 삐친 듯 묻자 깜짝 놀란 표정을 지은 병호가 급히 말했다.

"아, 아니오. 열 배는 더 올려주도록 하지."

"정말이시죠?"

씩 미소를 짓는 그를 향해 병호가 새로운 요구를 했다.

"이번에는 광산 장비를 좀 개발해 주는 게 어떻겠소? 조선 장인과 연구생들을 붙여놨지만 전혀 진척이 없어서……."

"저도 만능은 아닙니다만?"

"당신의 재주라면 능히 가능할거야."

병호의 칭찬에 다시 입이 벌어진 그가 물었다.

"뭐가 필요하신 건데요?"

"공기압축기와 착암기, 그리고 암석 천공기에 필요한 크고 작은 비트 등이야. 광차 정도는 우리 기술진이 충분히 만드니 필요 없고. 아, 착암 비트는 초경합금 연구팀에 부탁할 것이니, 공기압축기와 착암기만 만들어주시오."

"혹시 실물을 그림으로 보여주실 수는 없습니까?"

"내 그럴 줄 알고 그려왔지."

말과 함께 전기가 자신의 지시대로 그린 그림을, 전기를 불러 보여주도록 했다.

제일 먼저 전기가 보여준 것은 착암기 모형도였다. 그 그림을 보고 병호가 일일이 설명을 했다.

"이것이 타격식 일명 해머식이라는 것으로, 이 실린더 속으로 압축공기가 들어와 피스톤을 때리면, 이 피스톤이 왕복운동을 하며 힘을 발휘하는 것이지. 소위 '작공(作孔)'이라 하는데, 아무튼 이 힘이 로드의 뒤끝을 타격하면, 그 끝에 달린 착암 비트가 암석을 때려, 궁극에는 암석을 조금씩 뚫고 들어가는 원리지. 또 이걸 회전식으로 바꾸면 석탄, 셰일(頁岩) 등 연약한 지층에 구멍을 뚫을 때 사용되는 콜픽(coal pick)이 되는 거야. 어때? 알 수 있겠소?"

"그 정도까지 자세히 설명을 하고 그림까지 보여주었는데 못 만들면 바보지, 어디 발명가라 할 수 있겠소?"

"역시 천재는 달라. 자, 이번에는 공기압축기 모형도야."

그림을 보여주며 병호가 다시 설명을 시작했다.

"이것이 소위 피스톤 식이라는 것으로, 이곳 1, 2차 실린더에서 생산된 압축 공기를, 이곳 냉각기로 보내 냉각 팬으로 냉각시킨 다음, 이것을 이곳 3차 고압 실린더로 보내 다시 압축하는 방식이지. 이 역시 제작할 수 있겠지?"

"물론이죠."

"좋았어. 헌데 도화선은?"

"아, 시간 좀 줘요. 시간! 다이너마이트에 탄환, 포탄까지 몇 개월 사이에 만들어내도 부족합니까?"

"아, 내 말은 제일 쉬운 것이라 벌써 만들었을 것 같아서……."

"지금 연구 중에 있습니다."

"좋았어! 뭐, 필요한 것 없소?"

"다른 것 다 필요 없고, 독촉만 하지 않으면 됩니다."

"알았소, 알았으니, 필요한 것이 있으면 언제든지 말만 하오."

"예~!"

그가 대답을 길게 끌며 새로운 발명품에 관심을 보이자, 병호는 그의 등을 한 차례 두드려 주고 그곳을 벗어났다.

"에고! 더러워서, 원! 비위 맞추기도 힘들군!"

그의 연구실을 벗어나자마자 병호는 푸념을 터뜨리며 이번에는 총기 연구소로 향했다.

그곳에서 병호는 총기 제작 부장 니콜라이 루비히로부터 반자동으로 분당 60발을 발사할 수 있는 M1 정도의 성능을 가진 총을 개발했다는 보고를 받고 그를 크게 치하했다.

자동소총은 더욱 연구를 해야 한다는 말에도 계속 그를 격려하며, 일단 100정을 긴급 제작하도록 하고, 이것이 끝나는 대로 2,000정을 연이어 제작하도록 지시했다.

이어 병호는 대포 연구소에 들러 이미 개발이 끝난 대포 200문을 최우선으로 제작토록 하고 연이어 제작할 것을 거듭 당부했다.

그러고 나니 무언가 몸에서 쭉 빠져나가는 것을 느끼며 병호는 잠시 제자리에 주저앉아 쉬었다.

이제 포탄까지도 개발이 끝났으니 대포만 제작되면, 급한 대로 상선에라도 설치해 운항한다면, 조선이 양이에 대해 무방비 상태는 아니라는 생각에 병호는 크게 안도감이 들었다.

그것이 일시 허탈감에 **빠져** 병호를 잠시 주저앉게 한 모양
이었다. 그러나 병호는 다시 일어났고, 그는 땅거미가 지고 있
는 길을 걸어 연구소 내 식당으로 향했다.

제4장
연해주(沿海州)

다음 날.

오늘도 평소의 습관대로 새벽 4시에 기상한 병호는 수행원들을 닦달해 어둠 속을 뚫고 무녀도로 향했다. 머지않아 북쪽 해안에 상륙한 병호는 잠시 무녀도의 지명에 대해 생각했다.

장구 모양의 섬과 그 옆에 술잔처럼 생긴 섬 하나가 붙어 있어 무당이 상을 차려놓고 춤을 추는 모양이라고 하여 무녀도(巫女島)라 불렀다는 섬. 그러나 옛 이름은 '서들이'였다고 하는데, 이는 바쁜 일손을 놀려 서둘지 않으면 생활하기 어렵다

는 의미로 부지런히 서둘러야 살 수 있다는 데서 비롯되었다
고 한다.

잠시 생각에 잠겼던 병호는 말없이 염전의 제방을 따라 거
닐었다. 드넓은 간석지에는 장인에 의해 벌써 염전이 조성되
어 있었던 것이다. 아무튼 병호는 차가운 공기가 귓바퀴를 얼
얼하게 했지만 전혀 개의치 않고 제방을 걸어, 중앙의 분지를
향하고 있었다.

그곳에 훈련소를 만들어놓으라 했으므로 시찰을 가는 것
이다. 새벽별이 빛나는 길을 한참 걸어 분지에 도착하니, 어둠
속에 웅크리고 있는 통나무집들이 어렴풋이 보였다.

지난 연말까지 완성하라 했더니 작업자들은 추위가 몰려오
기 전에 완성할 셈으로, 더 서둘러 서남쪽 선유봉의 나무를
채취해 통나무 막사를 지어놓은 모양이었다.

병호가 더욱더 전진하자 전방에서 찌렁찌렁 울리는 고함이
들려왔다.

"누구냐?"

이곳을 경비하고 있는 경비원인 모양이었다.

"수고가 많소. 나 김병호요."

"아, 사장님! 새벽부터 이곳엔 어쩐 일이십니까?"

"훈련장을 둘러보려고 왔소."

"아, 네! 원하시면 안내해 드리겠습니다."

"부탁하오."

곧 병호는 경비원의 안내로 훈련장 구석구석을 돌아보았다.

우선 눈에 띄는 것은 몇 천 명도 동시 수용 가능한 넓은 연병장이었다. 완전히 다듬어지지 않아 군데군데 잔돌들이 눈에 띄었지만 대체로 잘 조성이 되어 있었다.

아무튼 경비원이 그다음에 안내한 곳은 동쪽에 연이어 축조된 통나무 막사였다. 비록 외부는 통나무지만 황토 흙을 통나무와 통나무 사이에 발라 한기의 차단을 막고 있었다.

그중 한 통나무집에 들어서니 현대의 내무반 같은 모습으로 내부는 꾸며져 있었다. 중앙 통로를 중심으로 좌우 양편에 나무 침상이 있고, 그 위에는 관물대가 만들어져 있었다. 여기에 총기를 꽂을 수 있는 총기대도 만들어져 있으니 병호의 지시를 제대로 이행한 모습이었다.

또 중앙에는 겨울 추위에 대비해 조개탄 난로마저 가설되어 있었다. 이에 만족한 듯 고개를 끄덕인 병호가 다음으로 시찰한 곳은 정반대편에 위치한 사격장이었다.

비록 총탄에 맞으면 표적이 자동으로 넘어가는 자동화 사격장은 아니었지만, 제방처럼 축조된 사대도 있었고 100장 정도가 평탄한 지형으로 조성되어 있어 사격하는 데는 아무런 장애가 없을 듯했다.

다음으로 병호가 향한 곳은 서남쪽 선유봉에 위치한 각개 전투교장이었다. 1마장 정도를 걸어 그곳에 도착한 병호는 대충 흉내만 낸 교장을 보고는 이곳만은 합격점을 주지 못했다.

그렇다고 공사를 끝내고 이미 나진으로 출발한 공사 감독 이하 인부들을 혼낼 수도 없는 일이므로, 병호는 밝아오는 해를 바라보며 심호흡을 하는 것으로 언짢은 마음을 달랬다.

이렇게 훈련소 구경을 마친 병호는 곧 막사가 있는 곳으로 돌아와 이곳을 지키는 경비원 및 수행원들과 함께 아침 식사를 마치고, 훈련대장실로 마련된 통나무집으로 들어가 교본 집필에 착수했다.

말이 경비원이지 실제는 신식 군대를 육성하기로 결심을 굳힌 병호는 곧 자신이 체험한 군 생활과 훈련을 통해 얻은 경험 그대로를 적용한 최신식 군대를 양성하기 위해 그 교본을 만들려는 것이다.

제식 훈련을 필두로 총검술, 사격, 각개전투 등 현대 군이 꼭 필요한 지식을 전수하고 이에 맞춘 훈련도 실시해 최신 무기와 함께 세계 최강의 군대를 양성하려 함이었다.

이렇게 시작된 병호의 교본 집필 작업은 칠 일이 지나서야 끝났다. 그가 교본을 집필하는 나흘째 되는 날, 일체의 군용품도 들어와 이제 훈련병만 입소하면 되었다.

그리고 다음 날.

때맞추어 장차 이 훈련소의 터줏대감 즉 교관단이 될 113명이 훈련소를 찾아들었다. 앞으로 계속 입소할 신병들의 훈련을 책임질 장래의 교관 및 조교들의 입소였던 것이다.

아무튼 그들 중 병호는 무관 최성환의 친구로 그와 함께 가장 신뢰하는 박은조 만을 단장실로 불러들였다.

"금번에 입소한 사람들은 모두 기존 경비원으로 근무했던 사람들이죠?"

"그렇습니다. 사장님!"

"좋소. 지금부터 내 말을 명심해 듣고 그대로 행해주기 바라오."

"네, 사장님!"

"이 교본을 읽어보면 알겠지만 나는 이 지상에서는 아직 없는 최강의 군대를 만들려 하오. 경비대장은 모르겠지만 우리에게는 그에 걸 맞는 총도 이제 양산을 시작했소."

병호가 잠시 숨을 돌리는 사이 박은조가 질문을 했다.

"어떤 총인지 매우 궁금합니다."

"청나라 군들이 사용하는 전장식 소총이 1~2발을 날릴 때 우리는 60발을 쏠 수 있소."

"네? 실제 그런 총의 제작이 가능합니까?"

"후후후……! 머지않아 개인당 한 정씩 지급이 될 테니, 그때 가서 확인하면 될 것 아니오?"

"물론 사장님이 허언을 하실 리 없지만 너무 믿기지 않는 말씀이라서……."

"우리는 대포도 이미 양산을 시작했소. 이 대포로 말하면 작열탄을 발사할 수 있는 것으로 기존의 대포와는 차원을 달리하오. 대포가 화망을 구성해 다른 군함을 공격하면 그야말로 순식간에 상대편 군함은 파편만 남게 될 것이오."

"사장님, 정말이시죠?"

"아니, 이 사람이……."

"아, 아닙니다. 절대 믿지 못해서가 아니라, 너무 감격해서… 사장님! 소인 놈의 절을 받으십시오. 엉엉엉……!"

절을 하는 것 같더니 갑자기 큰 소리로 황소울음을 토해내는 데는 병호도 대략 난감하여 천장에 시선을 두었다.

"왜구에게 짓밟히고, 청나라 놈들에게 임금이 피가 나도록 땅에 이마를 찧어야 했던 굴욕이 갑자기 생각나서 참을 수가 없었습니다. 다시는, 다시는, 그런 총과 대포라면 더 이상 우리 조선이 수모를 당하지 않아도 되겠다고 생각하니, 소인 저절로 감격해서 그만……."

물론 중간중간 그의 울음이 끼어들었지만 그의 말을 알아듣는 데는 하등 지장이 없었다. 어찌 되었든 그의 울음에 감염이 된 듯 병호 자신도 가슴이 뭉클해 눈을 껌뻑껌뻑하다가 그를 잡아 일으키며 말했다.

"그만하시오. 이젠 우리 조선 군대, 아니, 김병호가 거느리는 군대를 무시할 군대는 이 세상천지 그 어디에도 없소. 하니 이젠 우리 경비원도 이런 최신 무기에 어울리는 강병이 되어야 하지 않겠소?"

"물론입니다, 사장님!"

"그렇게 육성할 사람이 당신 박은조로 나는 금일부로 당신을 이곳 훈련소의 훈련소장으로 임명하오."

"감사합니다, 사장님! 신명을 바쳐 최강의 군대를 육성해 놓겠습니다."

그의 말에 병호가 빙그레 웃으며 말했다.

"아직은 경비원이지."

"아, 제가 실언을 했습니다."

"아무려면 어떻소. 조선이 위험하면, 나나 당신이나 제일 먼저 발 벗고 나서야 하니, 군대라도 하등 잘못된 것이 없을 것이오."

"그렇습니다, 사장님!"

"자, 그러자면 훈련도 실전같이 아주 강하게 시켜야 하지 않겠소?"

"물, 물론입니다. 사장님!"

병호는 곧 자신이 일주일 동안 침식을 잊고 집필해 놓은 교본을 그의 앞으로 밀며 말했다.

"내가 그동안 집필해 놓은 교본이오. 필사를 해서, 앞으로 이곳의 교관 및 조교가 될 113명 전원이 한 부씩 소지하도록. 단 외부로 누출이 되면 즉석에서 총살을 시킬 것인즉, 이를 절대적으로 명심하오. 곧 지급될 개인화기도 마찬가지고."

"알, 알겠습니다. 사장님!"

"교관과 조교는 금번에 실시될 훈련 성적에 의해 뽑되, 13명만 교관이 되고 나머지는 조교가 될 것이니 알아서 하라고 하시오."

"네, 사장님!"

"정식 훈련은 내일부터 시작될 것이니 그런 줄 알고, 군용품부터 정리하도록."

"네, 사장님!"

그렇게 지시를 하고 나니 무언가 잘못됐다. 이들 모두가 아직 군장 용품을 처음 볼 것이므로 병호는 말없이 그의 뒤를 따라 내무반으로 향했다.

내무반으로 들어가기 직전 병호는 이곳까지 수행해 온 기존의 호위 무사 네 명을 갑자기 불러 멈춰 세웠다.

"잠깐만!"

"네?"

"당신들도 한 달 동안 같이 교육을 받으시오."

"네?"

뜬금없는 명에 네 명 모두 의아한 표정으로 바라보자 병호가 보충 설명을 했다.

"당신들이 교육을 받아보면 알겠지만 지금까지 그 어디에서도 배울 수 없는 배움의 기회가 될 것이니, 그런 줄 알고 내 명에 따라주시오."

"알겠습니다, 사장님!"

신용석 이하 네 명이 곧 답하고 함께 내무반으로 들어갔다.

곧 호위 무사 네 명까지 입소를 시킨 병호는 이때부터 장장 한 시진에 걸쳐 군장 용품의 용도 및 군장 꾸리는 법을 설명해야 했다. 우선 이들에게는 통 좁은 상하의에 단추가 달린 녹색 군복을 지급해 입게 했다. 이에 생전 처음 보는 신기한 옷에 웃고 떠들며 이들이 모두 착용 완료했다.

갓 쓰고 소매 넓은 도포에 한복 바지를 입고 훈련을 받을 수는 없는 노릇이므로 병호는 비록 무명옷이지만 참쑥 물을 들인 현대의 녹색 군복과 같은 상하의 각각 2벌씩을 군복으로 지급했다.

이에 맞는 혁대로 천으로 만든 허리띠가 아닌, 구멍이 뚫린

가죽띠와 탄띠의 착용 방법을 설명해야 했고, 군화로는 무관들이 비올 때 신던 반장화 즉 수화자(水靴子)를 바닥 전체를 가죽으로 제작해 신겼다.

이밖에 배낭, 철제수통, 철모, 모종삽(야전삽 대용), 반합, 모포로 군장을 꾸리고 평상시 개어 관물대어 놓는 법, 심지어 둘이 잡고 터는 법까지 일일이 용도를 설명하고 시범까지 보여야 하니, 겨울임에도 불구하고 병호의 이마에는 땀이 송글송글 맺혔다.

그리고 끝으로 하루 50정 생산이 가능해 삼 일 만에 제작을 완료해 보내진 개인화기를 다루는 법과 소제하는 방법까지 일일이 다 설명했다. 그러고 나니 병호는 파김치가 되어 더 이상 누구와 말도 하기 싫었다.

다음 날부터는 바로 본격적인 훈련에 돌입했다. 새벽 6시가 아닌 5시에 기상을 시켜 연병장 20바퀴를 돌고, 자유 시간에 이어 6시부터는 식사 시간, 7시부터 오전 11까지 오전 훈련, 11~12시 중식. 12시부터 오후 4시까지 오후 훈련. 4시부터 5시까지 석식. 5시부터 7시 30분까지 자유 및 정비 시간, 7시 30분 점호 후 8시 취침.

이를 위해 병호는 회중시계를 가져다 놓고 시간을 철저히 통제했으며, 대부분을 호각으로 통제했다. 이런 하루 일과 속에 첫날은 차렷, 쉬어, 열중쉬어 등의 자세부터 가르쳤다.

이중 차렷 자세만 해도 그렇다. 눈은 전방 15도 각도를 바라보고 양발은 45도로 벌린 자세에서, 양 무릎을 종이 한 장을 끼워도 떨어지지 않도록 딱 붙이게 하니, 이 자세를 계속 시키는 것만으로 얼차려가 필요 없는 고역이었다.

채 30초도 지나지 않아, 종이가 떨어지면 굴리니 대부분이 전신을 부들부들 떨었다. 이렇게 시작된 군사훈련은 행진 사열 등 각종 제식 훈련을 거쳐 총검술, 사격자세 연습, 사격 연습, 와중에 때로 요령이라도 피운다 치면 교본에도 없는 PT체조 등이 갑자기 시행되었고, 마침내 사격을 하는 날이 왔다.

이날 병호는 사격 전부터 군기를 엄격하게 잡아 정신을 똑바로 차리게 했다. 그렇게 해서 사격장에 도착하자 자신이 직접 사격 시범을 보이고, 한 명씩만 사로에 서게 했다.

그리고 병호는 개인 당 열 발들이 탄창 하나씩을 나누어주고 50, 100, 150, 200, 300m마다 서 있는 각 표적지당, 2발씩 사격토록 했다. 물론 이 사격 성적도 교관을 뽑는 평가 대상이 될 것이다.

이렇게 시작된 사격은 하루 8시간이 꼬박 걸렸다. 그리고 다음 날은 각개전투 교장으로 이동해 낮은 포복 높은 포복, 장애물 이용법 외에도 개인호를 파는 연습도 숙지시켰다. 단 철조망 통과 같은 것은 없었다.

이렇게 현대전에 꼭 필요한 기본 교육만 숙지시키는 데도 꼬박 한 달이 걸렸다. 아무튼 이렇게 해서 모든 교육을 마치자 병호는 박은조와 함께 성적순으로 교관 열세 명을 선임하고, 수료식을 거행했다.

그리고 병호는 열세 명의 교관 중 가장 성적이 빼어난 세 명을 별도로 뽑고, 또 아홉 명도 추가로 선발했는데, 이들은 모두 사격 성적만은 그 누구보다도 빼어난 자들이었다. 게다가 모두 무관 출신이어서 모든 면에서 기본은 갖추어진 자들이었다.

병호는 우수한 성적으로 수료를 마쳤지만 평가 대상에서 제외된 기존 호위 무사 네 명과, 새로 선발한 1두 명을 데리고 미련 없이 훈련소를 떠났다. 앞으로의 교육은 남은 이들에게 일임한 채.

그런 그가 향한 곳은 선유도였다. 이곳에서 병호는 비로소 이들에게 임무를 부여했다. 자신의 호위였다. 그리고 이들 모두에게 각각 한 정씩, 그리고, 기존 네 명의 호위까지 개인화기를 하나씩 지급했다.

그러고 나니 좀 불만이 생겨 병호는 소브레로 연구실을 찾아 권총도 한 벌 개발해 보도록 지시를 했다. 경호를 위해 어쩔 수 없이 휴대해야 하지만 긴 총을 무명천에 둘둘 말아 들고 다니는 것도 우스운 일이므로, 휴대하기 편리한 권총 개발을 지시했던 것이다.

아무튼 소브레로의 긍정적인 답변을 듣자마자 병호는 16명으로 불어난 경호원들과 함께 서둘러 한양으로 향했다. 혼인을 한 이래 가장 오랜 나들이로 부인과 지홍이 매우 보고팠기 때문이었다.

병호가 한양 자신의 집에 도착하니 아직 해가 조금 남아있었다. 이에 병호는 서둘러 부인과 지홍을 불러내 나들이를 나섰다.

두 대의 가마와 비루먹은 나귀 한 마리도 출동하고, 개인화기 대신 창포검을 소지한 열여섯 명의 경호 무사들이 알게 모르게 이들을 호위하는 가운데, 일행은 곧장 명월관으로 향했다.

이각 후 명월관 초입에 도착한 병호는 두 사람을 데리고 천천히 안으로 들어갔다. 벌써 이월 초순을 넘어 중순으로 진입하는 절기지만 저녁때가 되자 일찍 해가 떨어진 산속은 기온이 찼다.

그러나 한 달도 넘어 서방을 만난 기쁨에 모처럼의 나들이까지 겹쳐 들뜬 지홍은 오렌지 빛으로 빛나는 가스등을 바라보며 연신 재잘거리기에 바빴다.

"어머, 세상에, 세상에나! 저 불빛 좀 봐요. 마치 꿈속에나

볼 듯한 몽환적인 느낌이네요. 저 불빛은 어떻게 만들어 진건
가요?"

"석탄을 태우면 나오는 가스에서 생성된 불빛이오."

"아, 실로 색깔이 너무 환상적이네요. 어머! 저 건물 좀 봐
요. 주변을 압도하는 것이 장관이네요. 엄청 커 보여요."

"그곳에서 매일 공연을 한다오."

"우리도 볼 수 있어요?"

"암, 볼 수 있고말고."

"기대가 돼요."

"아, 저 불빛에 반사되는 색색의 유리창도 환상적이네요. 곳
곳에 신기한 것투성이예요."

병호가 흐뭇한 표정으로 고개를 끄덕이는데 순영 또한 입
으로는 표현하지 않지만, 눈은 시종 이곳저곳으로 분주하게
움직이며 놀란 빛을 감추지 못하고 있었다.

이렇게 병호는 두 사람을 데리고 명월관 곳곳을 구경시킨
후 바로 극장식 공연장으로 향했다. 그러자 입구에서 손님을
맞던 두 명의 기생이 쪼르르 달려와 병호를 반겼다.

"어머, 사장님! 어서 오세요! 두 분은 혹시……?"

기녀의 물음에 지홍이 앞으로 나서 팔짱을 긴 채 도도하게
답했다.

"네, 부인이에요. 안내를 부탁드려도 될까요?"

"아, 네, 네!"

대답을 하지만 건성이었고 실망한 빛이 역력한 표정이었다. 이를 보고 주의를 환기시키려는지 지흥이 작게 헛기침을 했다.

"에헴!"

"따라오세요."

이에 정신을 차린 예의 기녀가 앞장을 서고 한 명은 입구를 지키는 가운데 지흥이 병호를 흔들며 물었다.

"서방님, 나도 저런 옷 한 벌 맞춰주면 안 될까? 태어나 처음 보는 옷인데, 너무 예쁘네."

현대의 승무원 복장 같은 기녀의 옷을 보고 하는 지흥의 말에 병호가 웃으며 농담을 했다.

"그러면 이곳에 근무해야 되는데?"

"어머, 정말 그래도 돼요?"

한 술 더 뜨는 지흥의 반응에 병호가 난처한 표정을 짓자, 순영이 소리 없이 입을 가리고 웃고, 지흥은 진심인지 아닌지 병호를 빤히 바라보며 답을 재촉하고 있었다.

"그냥 한 벌 해주리다."

"내가 손님을 꼬드기는 데는 일가견이 있는데?"

"그만하오!"

병호의 언성에 지흥이 병호의 팔짱을 끼며 아양을 떨었다.

"이 세상에서 내가 제일 은애하는 사람이 서방님인 것은 아시죠?"

"험, 험… 물론이오."

"어머, 너무 어둡네요."

"조심하세요!"

실내로 들어와 갑자기 조도가 낮아지자 지홍이 병호의 팔을 꼭 잡으며 말했다.

둘의 수작에 남몰래 큭큭거리며 안내하던 기생도 깜짝 놀라 본연의 임무로 돌아갔다.

그러나 병호는 담담한 얼굴로 실내를 한 바퀴 돌아보았다. 아직 초저녁인데도 실내가 꽉 찼다. 최소 300명은 입장한 것 같았다. 기분 좋은 미소를 띠고 무대로 시선을 옮긴 병호의 눈에 들어온 것은 두 기녀가 만담을 진행하고 있는 광경이었다.

삼대독자가 장수하려면 이름을 길게 지어주어야 한다고 지어준 아들이 물에 빠지자, 이를 전하는 과정에서 너무 긴 이름으로 인해 오히려 독이 되는 과정을 익살스럽게 그리고 있었다.

이를 들으며 손님들이 때로 폭소를 터뜨리고 있는데, 안내하던 기녀가 난처한 표정을 지으며 말했다.

"사장님, 앉을 자리가 없는 것 같은데 어쩌죠?"

"사장으로서는 기분 좋은 일 아닌가? 그러지 말고 빨리 입구로 가서 더 이상 손님을 받지 말라고 전하시오."

"네, 사장님!"

안내원이 빠른 걸음으로 사라지자 병호가 두 사람에게 말했다.

"내 특별 공연을 준비하라 할 테니, 일단 나갑시다."

"네."

순영이 순응하는데 반해 지홍은 아쉬운지 딴소리를 했다.

"그냥 서서보면 안 될까요?"

"다른 멋진 공연을 보여줄 테니, 일단 나갑시다."

"정말이죠? 서방님~!"

지홍의 애교에도 덤덤한 표정으로 두 사람을 이끌고 밖으로 나온 병호는 곧 식사와 술을 대접하는 명월관 본관 건물로 들어섰다.

이때 입구를 지키고 서 있던 총지배인 정충세가 병호를 먼저 발견하고 반갑게 인사를 건넸다.

"오셨습니까? 사장님!"

"손님들은 어때요?"

"오늘도 초저녁부터 2층까지 꽉 찼습니다."

"허허, 예상보다 장사가 잘 되는군."

"입소문 때문인지 나날이 소문이 늘고 있습니다."

"좋은 현상이오. 후원의 소축은?"

"딱 한 채 비었습니다. 가시려면 동옥(冬屋)으로 가시지요."

"그럴까요?"

돌아서던 병호가 다시 돌아서며 말했다.

"참, 어떻게……"

이 부분에서 갑자기 말을 끊고 정충세의 귀에 대고 작게 뭐라 이야기를 하는 병호였다. 이에 정충세가 긍정적인 답변을 하고 병호는 곧 두 사람을 데리고 후원의 별채로 향했다.

곧 별채에 든 세 사람은 기녀 세 명의 시중 속에 좀처럼 맛보기 힘든 산해진미에 반주를 곁들이고 있는데 밖에서 정충세가 고했다.

"준비됐습니다. 사장님! 들일까요?"

"일각 후 들이세요."

"네, 사장님!"

일각 후.

간단한 주안상만 놓여 있는 가운데 두 명의 기녀와 한 명의 악공이 들어왔다. 그런 셋을 보던 지홍이 한 아이에게 시선을 멈추더니 말했다.

"아, 저 아이는 내가 강경에서 가르친 아이인데?"

"금번에 그 아이들까지 모두 불러 올렸고, 한양은 새로 300명을 또 입소시켰소."

"강경은요?"

"폐쇄시켰소."

"아이고, 아까워라."

"너무 산만하게 벌려 놓은 것 같아서……."

둘이 대화를 나누는 사이 지홍이 말한 기녀가 지홍에게 눈
인사를 하고는 조용히 뒤로 가 자리를 잡았다. 악공이었던 것
이다. 곧 장고 소리가 따당 땅 울리는가 싶더니, 앞에 선 두
기녀가 신민요인 '한강수타령'이라는 곡을 흥겹게 부르기 시작
했다.

머지않아 이 곡이 끝나자 새로운 곡을 연주하기 시작하는
데 무척 느린 곡이었다. 병호도 모르는 궁중음악인 것 같았
고, 갑자기 한 기녀가 방 안의 촛불을 딱 한 개만 남기고 모두
껐다.

그리고 이때부터 몸매가 빼어난 두 기녀가 스트립쇼를 벌
이는데 종내는 병호가 지급한 브래지어와 핫팬츠만 남았다.
이 모습을 보고 지홍이 박수를 치며 좋아하는데 순영은 못마
땅한 듯 미간을 찌푸리고 있었다.

"아오! 이 공연을 보면 남정네들이 깜빡 죽겠네요. 돈도 안
아깝고."

"준비는 했지만 너무 야한 것 같아, 귀빈에게만 특별히 보여
주는 공연이 되었소."

"많은 사람이 볼 수 있었으면 좋을 텐데."

"자, 수고들 했소. 이리 내려와 내 술 한 잔씩 받으시오."

"고맙습니다. 사장님!"

병호의 말에 따라 세 사람이 차례로 술 한 잔씩을 받아 마시고 자리를 떴다.

이날 밤.

병호는 순영에게 새로운 체위를 요구했다. 여성 상위 시대를 연출시키고자 했던 것이다. 그러나 순영은 어찌 그럴 수 있느냐고 끝내 거부하는 바람에 병호를 곤혹스럽게 했다.

그러나 지홍만은 적극적으로 응해 혼자 제풀에 잘 놀다가 끝내는 얼마 못가 병호의 배위에 엎어지는 모습을 연출했다. 이렇게 사흘을 두 사람을 위해 시간을 투자한 병호는, 나흘째 날이 되자 전 수행원을 이끌고 함경도 나진을 향해 출발했다.

그러나 장쇠만은 만상으로 심부름을 가는 바람에 뒤늦게 합류해야 할 것이다.

*　　　　*　　　　*

지도를 보면 나진(羅津)은 사람의 목젖 모양 길게 뻗어 내려온 동쪽의 나진동 때문에 형성된 만(灣) 안에 깊숙이 틀어박혀 있어, 양항의 조건을 두루 갖추고 있고 위도에 비해 온화한 편이었다.

그런 나진만 안으로 병호 일행이 탄 배가 진입한 것은 한양을 떠난 지 칠일 만이었다. 남해안을 두루 돌아오는 일정 속에 병호는 아직도 찬 바닷바람에 전보다는 초췌해진 모습이었다.

어찌되었든 병호가 배에서 내려 지형을 두루 살피니 동해안인 만 쪽을 제외하고는 삼면이 산지로 둘러싸여 있는 가운데, 남쪽으로는 하천 하나가 흘러내려 바닷가로 들어가는 모양을 볼 수 있었다.

대충 지형을 살핀 병호가 그 안을 세밀히 살피니 그 안에는 벌써 많은 변화가 일어나 있었다. 일개 어촌 부락이었을 이곳에 벌써 수백 채의 통나무집이 지어져 있었던 것이다.

아마도 조선공과 제철소 장인들이 머물 집을 짓기 위해 미리 온 건축 기술자들의 임시 숙소와 일부 조선공들의 집인 듯 보였다. 그리고 또 하나 특이한 것은 계획 도시를 지으려는지 사방에 새끼줄이 쳐져 구획이 정해진 사실이었다.

이를 보고 병호가 고개를 끄덕이고 있는데 벌써 바닷바람에 반쯤 그을린 홍순겸이 헐레벌떡 달려왔다.

"오셨습니까? 사장님!"

"고생이 많소. 그래, 공사는 어떻게 진행이 되고 있소?"

"보시는 바와 같이 우선 행궁 공사와 훈련소 건설을 마친 건축 기술자들과 일부 새로 뽑은 기술자들과 함께, 조선공과 제철소 장인들이 머물 숙소를 짓고 있는 중입니다."

"그 가족들은?"

"우선은 장인들 숙소부터 짓고, 이어 가족들의 살림집을 지을 예정입니다."

"조선공들은 얼마나 왔소?"

"선발대로 경상에서 보내온 외국에서 교육받은 기술자들과 증기선 연구소의 기술자들이 합류했고요. 제철 장인들은 아직 한 명도 오지 않았습니다."

"알겠소. 나름 사정이 있는 모양이지만 머지않아 도착하겠지. 그건 그렇고 말 목장을 조성할 대초도와 소초도도 살펴보았소?"

"네, 그곳뿐만 아니라 송도 등 흩어져 있는 섬들 역시 그 흔적만 남았지, 지금은 전혀 목장이 운영되고 있지 않았습니다."

"차라리 잘됐군. 내 일차적으로 만상에 부탁해 우수한 말로 2천 필을 사서 보내 달라고 했으니, 이에 대한 대비도 철저히 해야 할 것이오."

"알겠습니다. 사장님!"

"내가 머물 숙소는 있소?"

"네, 제일 먼저 지어 지금까지 비어놨습니다."

"그래서는 안 되지. 우선 장인들의 숙소가 먼저 아니요?"

"앞으로는 그렇게 하도록 하겠습니다."

"아무튼 내가 머물 숙소가 있다니 다행이오. 그곳으로 갑시
다."

"네."

곧 일행은 수백 동의 통나무집이 지어져 있는 곳으로 향했
다.

가면서 병호가 남쪽의 하천을 보고 물었다.

"저 하천의 이름이 무엇이오?"

"지경천(地境川)이라 하옵니다."

알겠다는 듯 고개를 끄덕인 병호가 앞장서서 걷고 있는데
홍순겸이 병호에게 물었다.

"경호원이 대폭 늘었습니다. 사장님?"

"아무래도 조심하는 것이 나을 것 같아서."

"옳은 판단이신 것 같습니다. 헌데 저 헝겊에 둘둘만 삐쭉
한 것은 혹시 총입니까?"

"그렇소."

"총이 개발되었습니까?"

"양산을 시작했소."

"더할 나위 없이 다행한 일이군요."

그 말에 병호가 뒤를 돌아보니 화란 총독에게 부탁해 사들인, 유일한 증기선 한 척이 만안에 정박해 있었다. 이를 보고 병호가 물었다.

"저 증기선을 연구소에서 분해해 보았소?"

"네. 샅샅이 살펴보고 부족한 부분에 대한 이해를 했는지 매우 기뻐하는 모습이었습니다."

"다행이군."

이런 이야기를 하다 보니 병호의 숙소로 지정된 곳에 도착했다. 그래서 병호가 먼저 안으로 들어가 보니 훈련소의 내무반과 똑같이 꾸며져 있었다. 난로가 놓여 있는 것까지.

그리고 그 안에는 언제 피워 놓은 것인지 내부가 훈훈하게 훈기가 돌았다. 이를 보고 병호가 물었다.

"연료는 무엇을 때는 것이오?"

"통나무집을 짓고 남은 부산물을 때고 있습니다."

"하긴 아직 석탄을 확보하지도 못했을 것이고, 그 부산물을 버리는 것도 아까운 일이지."

"그렇습니다."

"내가 부른 사람들이 올 때까지는 당분간 여기 머물 예정이니 그런 줄 알고, 가서 일 보시오."

"네, 사장님!"

이렇게 해서 병호의 웅비를 위한 객지 생활이 시작되었다.

병호가 나진에 머물며 직접 공사를 진두지휘하길 보름.

드디어 병호가 기다리던 사람들이 왔다. 장쇠가 많은 사람을 데리고 왔던 것이다. 제철본부장 신응조는 물론 직장에서 부장으로 승진한 마일록, 전 덕대로 지금은 안주와 성천 탄전을 책임지고 있는 지동만… 이들이 전부가 아니었다.

제철소 장인들 수십 명과 그리고 지동만이 데려온 철점 덕대 등이 한꺼번에 들이닥치자 병호는 그들을 반갑게 맞았다.

"어서들 오시오. 원로에 고생들 많았소."

"편안하셨습니까? 사장님!"

제철본부장 신응조의 인사에 병호가 환하게 웃으며 화답했다.

"계전도 잘 지내셨소?"

"네, 사장님!"

"환재도 본 지 오래되었을 것 같소?"

박규수의 소개로 알게 된 사람이라 그의 이야기를 끄집어 내니 그가 아쉬운 듯 말했다.

"계속 증설을 해도 감당을 할 수 없으니 그 친구 얼굴 볼 새가 없었죠."

"그럴 것이오."

"제철소 입지로서는 너무 외지지 않습니까?"

"다 이유가 있소. 국토의 균형 발전이라는 측면도 있지만 양항의 조건을 두루 갖춘 데다, 인근에는 무산이라는 대규모 철광과 아오지 등의 대규모 탄전도 있으니 그리 나쁜 조건은 아니오."

"아, 그렇군요."

이때 탄전 덕대 지동만이 새삼스럽게 인사를 해왔다.

"사장님, 오래간만에 뵙겠습니다."

"안주와 성천 탄전도 잘 돌아가지요?"

"물론입니다. 거기에 새로운 탄전을 찾다가 성천에서 두 곳이나 금은동광을 찾아내 개발하려고 계획 중입니다."

"그래요? 아주 잘된 일이지만 조금만 기다리시오. 광산 장비를 본격적으로 개발 중이니까. 이것들이 제작되는 대로 본격적으로 개발해 봅시다."

"알겠습니다. 사장님! 사장님이 찾으신 철점 덕대도 금번에 데리고 왔습니다."

그렇게 말한 지동만이 한 사람을 앞세우고 말했다.

"이 사람이 재령에서 대규모 철점을 운영하던 사람입니다. 어서 사장님께 인사드리세요."

"네, 오신우(吳信友)입니다. 사장님!"

병호가 꾸벅 인사를 하는 오신우라는 사람을 보니 사십 대

중반의 사내로 수염이 덥수룩한 털보였다.

"잘 오셨소. 앞으로 당신이 죽을 때까지 파먹어도 다 파먹지 못할 철광을 하나 소개할 테니, 그곳을 맡아주시오."

"정말 우리 조선에 그렇게 큰 철광이 있습니까?"

"가보면 알 것이오."

더 이상 언급을 자제한 병호는 새삼 마일록과도 인사를 나누고 장인들까지 불러 그간 그들의 노고를 치하했다. 그리고 병호는 신웅조 이하 제철 장인들을 데리고 지경천 일대를 둘러보며 그곳에 제철소를 짓도록 했다.

다음 날.

병호는 지동만과 그가 데리고 온 철점 덕대만을 데리고 수행원들과 함께 그곳을 떠났다. 그리고 그가 며칠 후에 도착한 곳은 나진 북쪽에 위치한 아오지(阿吾地)라는 곳이었다.

아오지에서도 오봉동(梧鳳洞) 북쪽의 충덕산(528m)에 도착한 병호는 그때부터 일대를 샅샅이 훑기 시작했다. 그러길 단이틀 만에 병호는 산기슭에서 노천 탄광을 발견했다.

이것이 1억 5천만 톤이 매장되어 있을 것으로 추정되는 아오지탄전 개발의 시발점이었고, 한가로운 농촌 마을을 일대읍성으로 키우는 계기가 될 줄은 당시는 아무도 몰랐다.

아무튼 석탄 노두를 발견하자 병호는 탄전 운영 경험이 풍부한 지동만에게 전권을 주고 이곳의 새로운 개발 역사를 맡겼다. 이렇게 되어 지동만마저 아오지에 떨군 병호는, 철덕대 오신우만 데리고 수행원들과 함께 무산(茂山)으로 향했다.

병호는 무산에 도착하자 우선 경호원들까지 전부 풀어 읍성 주민들과 접촉케 했다. 그 결과 동쪽 5마장 쯤 되는 곳에 철산봉이라는 곳에 철 노두가 있는 것을 알아냈다.

동양최대의 철광으로 노두가 크게 발달되어 있는 광상(鑛床)이 어찌 읍성 주민들의 이목을 피할 수 있겠는가 생각한 것이 주효한 것이다. 그들 동네 사람들의 말로는 간혹 소수의 사람들이 그곳에서 잠채(潛採)를 행했고, 일부 마을 사람들도 잠채에 종사했었다는 이야기였다.

이 이야기를 듣기 위해 병호는 이곳에 철점을 열게 된다면 마을 주민들부터 제일 먼저 고용한다 했더니, 그들이 이를 믿고 쉬이 입을 연 것이 쉽게 철광을 발견하는 단초가 되었다.

아무튼 병호는 잠채에 종사했다는 노인 하나를 앞세워 노두가 있다는 철산봉으로 향했다. 가면서 보니 그야말로 주변이 온통 높은 산으로 둘러싸여 있어 첩첩산중이라는 말이 실감이 났다. 그래도 두만강 쪽은 조금 낮아 숨통이 조금 트이는 기분이었다.

아무튼 300장이 넘을 듯한 까마득히 높은 산을 향해 오르던 병호는 군데군데 드러난 철광석을 보았고, 마침내 8부 능선에 올라서는 근 10장에 이르는 대규모 노두를 보고 환호성을 지르지 않을 수 없었다.

이곳이 추정 매장량 30억 톤, 실제 채굴해 먹을 수 있는 가채 매장량이 17억 톤이나 되고, 노두(露頭: 광물이 땅 위에 드러난 부분) 길이만도 243m에 이르는 대규모 철광산인, 동양 최대의 철광을 보고 병호가 어찌 기뻐하지 않을 수 있겠는가.

비록 채산성이 있다는 채산품위(採算品位)인 40~45%보다 조금 못 미치는 35~38%에 불과하지만, 자력선광을 한다면 얼마든지 이 단점을 극복하고 충분한 단가를 맞출 수 있을 것이다.

더구나 병호는 정으로 쪼는 구시대 철점 운영이 아닌 광산 장비가 개발되는 대로, 압축공기를 동력으로 한 착암기로 천공을 해 다이너마이트 발파를 시도한다면, 충분한 채산성을 넘어 큰돈을 벌 수도 있을 것이라 생각했다.

이런 생각하에 길게 뻗은 노두를 보고 기뻐하던 병호가 함께 동행한 노인에게 물었다.

"혹시 동네에 돼지는 키웁니까?"

"사람 사는 곳이면 다 돼지를 키울 것인데, 이곳이라고 다르겠소?"

"잘됐습니다. 하면 우리가 한 마리 사서 이곳에 고사도 지내고 함께 나눠먹읍시다."

"부사님의 허락은 받은 것이오?"

"이미 나랏님의 허락도 받았지만 부사님께도 알린 것은 알려야지요."

나랏님의 허락까지 받았다는 말에 노인이 갑자기 땅에 부복하며 말했다.

"아이고 높으신 나리님을 몰라 뵙고 큰 죄를 지었습니다요."

"이러지 마세요. 괜찮습니다. 함께 동고동락할 처지에 이러시면 우리가 더 곤란합니다."

"소인이 이제 알아 모시겠습니다요. 나리!"

"그만하시고, 내려가실까요?"

"네, 나리!"

이렇게 되어 다시 읍성의 동네로 내려온 병호는, 정말 돼지를 사서 고사도 지내고 동네 사람들을 위해 큰 잔치도 벌였다.

그리고 오신우를 따로 불러 그에게 전권을 맡기며 이곳을 대규모 철광산으로 개발할 것을 지시했다.

*   *   *

그로부터 한 달 보름 후.

남쪽은 이미 모든 나무들이 신록의 향연을 벌이는 즈음이었다. 하지만 이곳 나진만은 이제 겨우 자주 까던 안개가 사라지며, 봄철의 따뜻한 날씨를 보이는 즈음이었다.

그간 병호가 나진과 아오지 무산을 분주하게 오가며 조선소와 제철소는 물론 광산 개발을 챙기면서도, 수시로 내린 지시대로 무녀도 훈련소 교관단이 배출한 1기 수료생 400명이 선박 편에 실려와 하선을 했다.

그런데 이 수료생 말고도 한 인물이 동행하고 있었으니 훗날 대동여지도를 제작한 김정호였다. 아무튼 병호는 이들을 맞아 말을 탈 수 없는 자를 가려내니 근 백 명에 이르렀다.

이에 병호는 이들을 나진 자체 경비병으로 돌리고 나머지는 특별 임무를 부여했다. 즉 이를 백 명씩 삼개 조로 나누어 간도(間島) 및 연해주(沿海州) 일대를 탐사토록 한 것이다.

물론 이 배경에는 위기의식을 느낀 병호의 생각도 작용했지만 이 당시 국제 정세 및 환경도 그를 이곳 개발의 전초전에 뛰어들게 한 큰 요인이었다.

병호가 알기로 간도 및 연해주 지역은 청나라가 세워진 후 오랫동안 사람이 살지 않고 버려진 땅인 한광 지대(閒曠地帶)로 지금까지 존속되어 오고 있다. 그러던 것을 근래 들어 조선 유민(流民)들이 들어가 미개지를 개척하여 다시 사람들이 살기 시작하고 있었다.

또 숙종 연간에는 백두산 분수령에 백두산정계비를 세워

토문강과 두만강 사이의 땅이 조선의 땅임을 명시했으나, 이후 조선과 청나라 사이에는 '토문(土門)이라는 글귀를 가지고, 그 강이 어느 강이냐를 두고 국경 분쟁을 계속해 오고 있는 중이었다.

요는 조선 땅도 청나라 땅도 아닌 이곳이 청나라 조정의 봉금령(封禁令)으로 인해 버려진 채 존재하고 있는 것이다. 이는 연해주도 마찬가지 실정이라 병호는 이곳을 자신의 영토화할 속셈을 품고 있었다.

즉 만일 안동 김문과 다툼이 생기면 이곳을 기반으로 재기할 생각인 것이다. 아무튼 병호가 이런 결심을 하게 된 배경에는 소총 및 대포 개발이 예정보다 빨리 이루어진 것이 한몫했음을 부인할 수 없었다.

이런 배경 하에 병호는 300명의 경비대원들을 각각 100명씩 나누어 세 곳을 집중적으로 탐사할 생각이었다.

그 한 부대는 간도지방, 또 한 부대는 소위 블라디보스토크라 불리는 해삼위(海參崴), 또 한 부대는 홍개호(興凱湖)를 거쳐 저 북쪽 아무르 강변의 도시 하바롭스크까지 탐사시킬 생각인 것이다.

이 지역 역시 1860년 북경조약(北京條約)이 체결되기 전까지는 청의 영토였으나. 북경조약에 의해 연해주가 러시아 영토로 편입되지만, 그 3~4년 전부터 러시아는 연해주를 탐사하고 다녔다.

비록 그것이 지금으로부터 14~15년 후지만, 실제 역사와 같이 이 지역이 아직은 사람이 살고 있지 않은 무인 지대인지, 아니면 실제 사람이 살고 있는지, 만약 살고 있다면 얼마나 살고 있는지 파악하고, 행로의 지형도를 김정호를 보내 작성하려는 속셈이었다.

이런 생각하에 병호는 이들에게 각각 말 2필을 내주도록 했다. 이 말은 병호가 만상에게 부탁하여 만주에서 산 2천 필의 말 중 일부였다.

물론 사들인 말은 대초도, 소초도, 송도 등 나진만 앞에 떠 있는 섬에 방목하고 있는 말 중 일부였다.

아무튼 식량 등 보급품을 실은 예비 마까지 한 필 더하여 각각 말 두 필씩을 지급받은 경비대 300명을, 출발에 앞서 집합시킨 병호는 이들에게 일장 연설을 했다.

"여러분들이 탐사하러 가는 곳은 현재 국경 분쟁이 일고 있거나, 아니면 현재 청나라 땅이오. 하지만 그 연원을 거슬러 올라가면 부여, 옥저, 발해 등 우리 고유의 영토였으니, 이런 자부심을 갖고 철저한 탐사를 부탁드리오. 그럼 지금부터 탐사를 하면서 지켜야 할 점 세 가지만 말씀드리겠소."

여기서 말을 끊고 부동자세로 서서 경청하고 있는 경비대원들을 한 번 휘둘러본 병호의 말이 이어졌다.

"첫째, 만약 탐사 지역에 조선 및 당인을 불문하고 사람이 살고 있다면, 그 위치만 파악할 뿐 절대 그들에게 위해를 가해서는 안 되오. 둘째, 탐사 중 만약 순찰하는 청나라 관리를 만난다면 무조건 달아나 접점을 피하시오. 지금은 절대 이들과 다툼을 벌일 때가 아니오. 셋째, 탐사 중 만약 서양인을 만나면 이들은 즉각 살해하여 흔적을 지우던지, 아니면 생포하여 오시오. 이상!"

"부대, 차렷!"

"충성!"

"충성!"

그들의 인사를 받고 자리를 물러난 병호는 김정호를 특별히 불러 하바롭스크 대원들을 따라가, 가는 곳마다 지형도를 작성하여 돌아올 것을 특별히 당부했다. 이 모든 조치가 끝나자 이날 당일 300명은 우리 민족의 고토로 출발을 했다.

그들이 떠나자 조선 팔도에서 속속 몰려드는 조선 기술자들을 반분하여 병호는 각각 다른 두 종류의 배를 짓도록 했다. 외국 연수를 다녀온 조선 기술자들에게는 서양의 범선을 짓도록 했다.

그리고 자신 휘하 증기선 연구소 소속 기술자들에게는 대형 증기선을 짓도록 했다. 이들은 이미 들여온 한 척의 증기선을 낱낱이 해부하여 그 원리 및 제작법을 잘 알고 있기 때문에 취한 조처였다.

이런 속에서 사 개월이 흘러 더위가 한 풀 꺾이기 시작하자 많은 변호가 일어났다. 한 달마다 400명씩 배출된 경비대원들은 1기 포함하여, 벌써 2천 명이 배출되어 전원 이곳 나진 및 철과 탄전 쪽에 배치되었다.

두 번째로는 병호가 소브레로에게 부탁한 일련의 광산 장비들이 모두 제작되어 금번에 도착한 여러 척의 선편에 실려 온 점이었다. 그러나 간도 및 연해주로 떠난 탐사대원들은 무슨 일 때문인지 아직 돌아오지 않고 있었다.

다른 곳은 몰라도 해삼위 탐사대원들은 돌아왔어야 하는데 돌아오지 않아 애가 탔지만, 일단 병호는 도착한 광산 장비를 아오지와 무산 철점에 나누어 부리도록 했다.

그리고 병호 역시 수행원들을 데리고 선편으로 두만강을 거쳐 무산으로 향했다. 물론 둘로 나뉜 광산 장비를 실은 선박 중 무산으로 향한 선박과 함께였다.

이렇게 해서 무산에 도착한 병호는 광산 장비가 하역되어 설치되는 대로, 그간 덕대 오신우에 의해 모집된 광부 1천 명을 상대로 기술 교육을 하기에 이르렀다.

공기압축기에 의해 압축된 공기가 배관 라인을 타고 현장까지는 와 있었다. 그것을 원래는 고무에 의해 착암기까지 연결해야 한다. 그러나 고무가 없는 관계로 보다 유연하면서도 신축성이 좋은 동제 파이프가 착암기에 연결되었다.

그런 착암기를 병호는 실제 잡고 우선 3자(0.9m)짜리 착암 비트를 끼워 천공을 시작했다.

두두두……!

착암기가 작동을 시작하자 병호의 몸이 사시나무 떨듯 떨릴 정도로 착암기의 반동이 무척 심했다. 그러나 병호는 온몸으로 이를 지탱하며 계속해서 단단한 철광석에 구멍을 뚫기 시작했다.

그러자 천공 지점에서 뿌연 먼지가 휘날리며 눈을 뜰 수 없을 지경이 되었다. 그러자 대기하고 있던 조수가 함께 배관되어 온 동제 파이프를 작동해 그 구멍에 서 쏟아져 나오는 물을 뿌렸다.

원래는 착암기 내에 물도 같이 들어가 뿌려져야 했으나, 이 착암기는 어떻게 된 연유인지 그런 장치가 없었다. 아무튼 힘겹게 0.9m를 다 뚫자 이번에는 1.8m짜리 비트로 갈아 끼워 다시 천공을 시작했다.

또 이것이 다 끝나자 이번에는 2.7m짜리 장공 비트로 갈아 끼워 마저 다 뚫었다. 그리고 다이너마이트와 도화선 및 황토흙을 가져오라 하여 발파 시범을 보였다.

병호는 먼저 유지에 쌓인 다이너마이트를 하나씩 이미 뚫어놓은 구멍에 삽입하고, 하나씩 추가될 때마다 장진봉으로 이들이 밀착되도록 다져넣었다. 그렇게 하여 중간 지점에 오자, 뇌관이 물린 3m짜리 도화선을 삽입하고, 또 나머지 구멍도 다이너마이트로 다져넣었다. 그리고 끝에는 황토로 철저히 밀폐를 시켰다.

그렇게 하고 나서 병호는 운집해 구경하고 있던 1천 명의 광부를 모두 안전지대로 대피시켰다. 이 모든 것이 끝나자 새로 제작되기 시작한 알코올 라이터를 병호는 품에서 꺼내 도화선 끝에 불을 붙였다.

그러자 흑색화약이 타들어가는 소리가 치지직 나며 도화선이 빠르게 타들어가기 시작했다. 이에 병호는 뒤도 안 돌아보고 무조건 온 힘을 다해 뛰었다. 그리고 파편이 날아오지 않을 정도의 안전지대에 도착하자, 비로소 한숨 돌리고 다이너마이트가 폭발하기를 기다렸다.

그렇게 기다리길 얼마.

실제로는 360초… 즉 6분 후 대규모 폭발이 일어났다. 이 도화선은 1m가 타는데 120초가 소요되도록 설계되어 있었기 때문이었다.

아무튼 대규모 폭발에 귀가 멍멍했고 천지사방으로 암석 및 철광석 덩어리가 비산을 했다. 그러나 대부분은 폭발 진원지 앞에 떨어졌으며, 폭발 주변의 암석 또한 사방으로 갈라졌다.

만약 이런 구멍을 수십 개 뚫어 일시에 발파를 했으면 절대로 그냥 들어서는 안 된다. 귀마개를 해야만 난청이 되는 것을 막을 수 있다. 아무튼 병호는 제대로 폭발이 일어나서야 긴 한숨을 내쉬며 쓰고 있던 마스크와 안전모를 벗었다.

입마개야 쉽게 만들 수 있는 것이니 논외로 치고, 안전모는 달랐다. 물론 이 안전모라는 것은 다름 아닌 경비대원들에게 지급된 철모였다. 즉 주물로 만든 알 철모에 플라스틱 원료가 없으니, 쇠가죽을 이중으로 하여 그 안에는 솜을 넣어 충격을 완화시킨 화이바로 구성된 놈이었다.

곧 병호는 소장에 임명된 덕대 오신우 외 1천여 명을 집합시켜 놓고 장장 한 시진에 걸쳐 안전교육 및 작업 방법을 연거푸 두 번에 걸쳐 실시했다. 그리고 이들을 해산시킨 병호는 오신우만을 불러 천천히 하산하며 별도의 지시를 하달하기 시작했다.

"이 산중턱을 파 1차 선광장을 만드시오. 이것이 무슨 말이냐 하면 말이 철광석이지 쓸데없는 암석과 혼재되어 있을 것인즉, 이를 오함마로 두들겨 패 작게 만들되, 이 과정에서 암석은 떼어내는 작업을 하는 것이오. 인부들은 가급적 나이 든 사람을 채용하여 인력 수급의 원활을 기하고, 특히 맥석(脈石: 광석 속에 섞여 있으나 광석으로서의 가치가 없는 돌)은 아줌마들을 고용하여 인건비를 줄이시오. 하고 채광장에서 이곳까지는 반원형 철제 통을 설치하여 위에서 부으면 이곳으로 주르륵 바로 흘러내릴 수 있도록 하시오. 무슨 말인지 이해하오?"

"네, 사장님!"

"하고 장차는 자력선광법을 채택하여 분말 가루도 버리지 않게 할 것인즉 그리 알고."

"네,"

"그렇게 해서 엄선된 정광(精鑛)만을 두만강 수운을 이용하여 나진 및 송림으로 보내되, 철광부족이 예상되니 1만 2천 명까지 계속 증원토록 하시오."

"그렇게나 많이요?"

"그래도 수요를 감당할 수 없어, 이 신채광법으로 기존의 철광까지 개발해야 할 것이오. 저렇게 화약 발파법을 이용하면 갱도 굴착은 일도 아니니, 기존 노천만 파먹고 만 것들도 얼마든지 재 개광할 수 있는 것 아니오?"

"그렇습니다. 저런 식의 채광법이라면 우리 조선의 온 철점을 다시 개발해 엄청난 수익을 올릴 수 있을 것입니다."

"말 한번 잘하셨소. 앞으로 이렇게 추진하도록 합시다. 우선은 내가 가르쳐 준 천공법 및 발파법을 아오지 탄전에 전수하여 그들도 똑같이 작업할 수 있도록 하고, 우리나라 철광이 몰려 있는 재령 일대도 재개발합시다. 해서 송림 제철소는 그곳에서 나오는 철을 이용해 운임비를 줄이는 방향으로 합시다."

"그럼, 이곳의 인원을 조금 덜 뽑아도 되겠네요?"

"그 문제는 일단 수요를 보아가며 증감하도록 하되, 당분간
은 계속 증원하시오."

"알겠습니다. 사장님!"

"100명 단위로 감독을 임명하여 안전에 철저를 기하고, 특
히 발파는 일정한 시간에만 해, 절대 인명 피해가 나는 일이
없도록 하오. 알겠소?"

"네, 사장님!"

"자, 다음에 또 봅시다."

"벌써 가시게요?"

"내 손이 가지 않으면 안 되는 일이 많으니 어쩔 수 없소."

"조심해 가십시오."

"그럼, 수고하오."

"네, 사장님!"

그 길로 병호는 다시 나진으로 돌아왔다.

*   *   *

병호가 나진으로 돌아오니 마치 짜기라도 한 듯 세 방면으
로 탐사를 보냈던 경비대원 300명이 한 명의 인명 손실도 없

이 모두 돌아와 있었다. 이에 병호는 우선 그들의 노고를 치하하는 의미에서, 전원에게 특별 회식을 시켜주고 삼 일 동안 푹 쉬도록 했다.

그러나 각 조의 탐사대장으로 임명한 삼 인은 예외였다. 그 중에서 병호는 자신의 예상대로라면 벌써 돌아왔어야 할, 해삼위 탐사대장 하동진(河東震)을 제일 먼저 자신의 숙소로 불러들였다. 그리고 힐문하듯 물었다.

"왜 이렇게 늦었소?"

"해삼위는 물론 주변 일대를 샅샅이 훑다 보니 늦었습니다."

"좋소. 주변 상황을 말해보시오."

"해삼위에는 300명으로 구성된 마을 하나가 있었고, 주로 그들은 고기잡이와 해산물을 채취해 생활하고 있었습니다. 또 주변 일대에는 간혹 벌목을 해 팔아먹고 사는 벌목공들이 군데군데 소규모로 산재해 있었습니다."

"그들은 어떻게 조치했소?"

"그대로 내버려 두었습니다. 아직은 손 쓸 게재가 아니라는 생각에."

"잘하셨소. 내가 괜한 걱정을 한 것이 되어 기쁘오. 이만 돌아가 쉬시오."

"감사합니다. 사장님!"

그가 나가자 병호는 하동진과 마찬가지로 무관 출신인 간도 탐사대장 고민석(高敏錫)을 불러들였다.

"고생하셨소. 그쪽 사정은 어떻소?"

"통계를 작성한 결과 우리가 발견한 마을의 호수를 전부 모으면 3천 가구가 조금 넘었고, 살고 있는 인원은 2만 명이 넘었습니다. 그들 대부분이 우리 조선 백성이었고, 청나라 사람은 얼마 되지 않았습니다."

"벌써 그렇게나 많이 그쪽으로 스며들었단 말이오?"

"말을 붙여본 결과 대부분이 소작도 붙일 수 없게 된, 각도에서 흘러든 유민들이었습니다."

"흐흠……!"

"그들 대부분이 콩, 조, 수수 등의 밭작물과 일부 목축업을 하는 것으로 생활하고 있었으나, 대부분이 가난하게 살고 있었습니다."

"흐흠……!"

"각 마을의 소재를 지도에 표시해 두어 언제라도 찾아갈 수 있게 했습니다."

"그건 아주 잘하셨군."

"좋소. 예상보다 깔끔하고 자세한 일처리에 당신의 능력을 더 높이 샀소."

"감사합니다. 사장님!"

"그럼, 가서 푹 쉬시오."

"네, 사장님!"

고민석이 나가자 병호는 바로 이어 홍개호를 거쳐 하바롭스크까지 탐사를 다녀온 2조 조장 박명우(朴明宇)를 불러들였다.

"부르셨습니까? 사장님!"

"어서 오시오. 그간 고생 많았죠?"

"아닙니다. 당연히 우리가 할 일이었습니다."

"좋소. 그곳의 실정은 어떠했소?"

"홍개호 주변에 3만 명 정도의 청나라 사람들이 흩어져 살고 있었습니다. 그곳 일대가 예상외의 옥토로 밭작물이 아주 잘되었습니다. 더구나 목장과 고기마저 잡아 생활하니 대부분이 풍족하게 잘 살았습니다."

하긴 홍개호 주변이 흑토지대로 농사에 적합한 땅이니 많은 인원이 몰려 살고 농사가 잘 되는 것도 당연하다는 생각이 들었다.

"어떻든 그들도 범법자임에는 틀림없잖소? 봉금령을 어겼으니 말이오."

"그래서 그런지 우리를 보는 시선이 흉흉했고, 어느 부락에서는 밤중에 자다가 기습을 당한 적도 있습니다."

"그래서?"

"밤하늘에 대고 공포를 쏘았더니 모두 놀라 달아났지만 추격은 하지 않았습니다."

"잘하셨습니다. 타초경사의 우를 범할 필요는 없지요."

"제 생각도 그러했습니다."

역시 무관 출신답게 생각하는 것이 남달랐다.

"좋소. 나머지 지역은?"

"하바롭스크로 가며 간혹 10여 호 미만의 인가를 만났으나 홍개호 주변 외에는 대부분이 사냥을 업으로 삼고 있었습니다."

"코 큰 놈들은 못 봤소?"

"한 명도 보지 못했습니다."

"아직은 아라사 놈들이 진출을 하지 않은 모양이오. 고생하셨소. 가서 대원들과 함께 어울리시오."

"감사합니다. 사장님!"

그마저 내보낸 병호는 경비대장 최성환을 들게 했다.

"어서 오시오."

"철점은 잘 되고 있습니까?"

"최신 광산 장비를 투입했으니 옛날의 생산 방식보다는 수백 배의 생산량을 토해낼 것이오."

"매번 느끼는 것이지만, 사장님은 이 세상 사람이 아닌 신인(神人) 같아 보이십니다."

"쓸데없는 소리."

일축한 병호가 부른 용건을 말하기 시작했다.

"내가 볼 때 이제는 해삼위부터 시작하여 연해주 일대를 적극 개발할 필요가 있소."

"정말 그래도 청국과의 마찰이 없을까요?"

"관건은 하루라도 빨리 대규모 자체 군을 양성하는 것이오."

"네?"

너무나 놀라운 말에 최성환의 입이 벌어지거나 말거나 병호의 말은 계속되었다.

"해삼위에 요새를 구축하는 대로 고군산군도에 있는 비밀 연구소 전체 및 훈련소를 옮겨올 생각이오."

"그렇게 하려면 사전에 충분한 무력이 확보되어야 할 것 아닙니까?"

"그래서 내가 종전에 대규모 군 양성을 언급했던 것이오. 우선은 그간 양성된 경비원 중 이곳과 두 군데 광산을 경비할 400명을 남기고, 나머지 1,600명 전원을 해삼위로 이동시키는 겁니다. 그렇게 해서 그곳에 요새를 구축하는 대로 바로 400명을 아무르 강변의 하바롭스크로 급파하여, 그 땅마저 수중에 넣는 것이죠."

병호의 말이 계속되었다.

"하고 간도에 흩어져 살고 있는 조선족 2만 명을 전부 일단 해삼위로 이주시키는 겁니다."

"그들의 반항이 심할 텐데요."

"그들이 땅에서 얻는 수입보다 높은 보수를 주고, 그 안에 그들이 옮겨올 기반 시설도 모두 마련해 놓아야겠죠. 하여 그들로 하여금 보다 확대된 병기 및 대포 및 화약, 탄약을 생산하는데 종사케 하면 됩니다. 그중 젊은 사람은 경비원으로 뽑아 자체 무력을 보강하고요."

"아예 일국을 개창할 생각이십니까?"

"김문이 나를 사냥 끝난 후의 사냥개로 취급할 경우를 생각해서입니다."

"하긴 그런 준비도 안 하고 있다 당하면 너무 억울하죠."

고개를 끄떡인 병호가 말했다.

"해서 말 이오만 기존 1,600명의 경비원을 400명씩 4대로 나누되, 각 지대마다 지대장을 선출하여 통솔할 수 있도록 하여주시오. 세 명의 지대장으로는 금번에 탐사 대장을 맡은 세 명에, 한 명은 경비대장이 알아서 임명하십시오. 물론 이들의 총대장은 당신이고요."

"믿고 맡겨주시니 감사합니다. 믿음에 보답하기 위해서라도 강군을 만들겠고, 해삼위도 빠른 시일 내에 요새화하여 고군산군도의 기지를 옮겨올 수 있도록 하겠습니다."

"간도의 조선족을 이주시킬 기반 시설을 마련하는 것도 잊지 마시오."

"물론입니다. 이주시킬 공장을 짓는 대로 바로 그들의 거주지도 마련하도록 하겠습니다."

"좋소. 내 말을 참고로 자세한 계획안을 만들어 그대로 실행하시오."

"명을 받드옵니다. 충성!"

"충성! 그럼, 수고하시오."

"네, 사장님!"

비록 최성환이 경비대장이지만 그 역시 훈련소를 이수해, 거기서 배운 대로 거수경례로 예를 표하고 물러갔다.

제5장

조청전쟁(朝淸戰爭)

모든 것이 계획대로 이루어진다면 이 세상에 부자 아닌 사람이 없을 것이고, 실패자는 한 사람도 없을 것이다. 병호가 계획한 일 또한 뜻대로 이루어지지는 않았다.

철의 대량생산 시대를 열기 위한 무산의 화약에 의한 철 채광법은 얼마 후 바로 난관에 부딪혔다. 거듭되는 때 아닌 폭음에 놀란 무산부사가 발파를 금지시키고 화약의 출처를 캐는 바람에, 이를 무마하고 다시 채광하는 데는 수천 냥에 갈음하는 뇌물을 바쳐야 했다.

이런 형편이니 내륙의 한복판이라도 과언이 아닌 재령의 철점은 아예 문을 열 엄두도 내지 못했다. 여기에 간도로 스며든 조선 백성들을 이용해 해삼위를 개발하고 군 자원으로 삼으려 했던 계획 역시 수포로 돌아갔다.

억만금을 준다 해도 내가 개간한 땅에서 나는 양식을 먹고, 굶어 죽거나 말거나 살겠다는 백성들을 강제로 이주시킬 수는 없는 노릇이었다. 그래서 조선 및 제철소 역부로 뽑은 일부를 해삼위에 고용하는 방법으로 초기 개발을 진행해 나갔다.

그렇게 연해주 일대를 개발하는 과정에서 중간에 청나라 관리의 봉금령 내 순시에 걸려, 이를 무마하느라 수만 냥의 뇌물이 깨지기도 했다. 또 근간에는 뇌물대로 받아 처먹은 놈이 약속을 어기고, 청 조정에 실상을 그대로 고하는 바람에, 양국 간에 일촉즉발의 긴장이 조성되기도 했다.

그 결과 조선 조정이 더 이상의 월경을 철저히 단속함은 물론, 기 이주민들을 소환하겠다는 약속을 함으로써 이 문제는 일단락되는 듯했다. 그러나 이를 실행에 옮겨야 할 당사자인 병호가 조선 조정의 명에도 꿈적도 하지 않으니, 양자 간에 긴장이 고조되고 있는 작금이었다.

그런 지금은 병호가 해삼위 개발을 추진하기 시작한 때로부터, 약 7년이 흐른 청 도광(道光) 29년으로, 주상 재위 15년차인 1849년 2월 중순이었다.

　　　　　＊　　　　　＊　　　　　＊

　남녘에는 따뜻한 바람 불어오고 꽃 소식이 봄바람을 타고 북상하는 시기이겠으나 이곳 북방 해삼위는 아직 한겨울이었다. 어제 내린 폭설로 쌓인 눈이 창으로 반사되어, 안 그래도 새벽 4시면 일어나는 병호의 단잠을 조금 더 일찍 깨웠다.

　병호가 자리에서 일어나 머리맡의 물을 찾으니 추웠던 것인지 지홍은 이불을 끌어다 덮으며 모로 누웠다. 그리고 잠꼬대하듯 물었다.

　"몇 시인데 벌써 일어나세요?"

　"오줌이 마려운 걸 보니 일어날 시간이 됐어."

　"그놈의 오줌은 용하기도 하네요. 회중시계가 따로 없어요."

　"그만 일어나지?"

　"내가 늦잠꾸러기인 것 몰라요? 서방님이나 일보세요. 자는 사람 자꾸 건들이지 말고."

　결혼 생활 벌써 7년이 넘어서니 점차 순종적인 면은 사라지고 이제 말대꾸도 잘하는 지홍이었다.

　그런 그녀와 병호 사이에는 금년 다섯 살이 된 딸 하나가 있었다. 이후에도 소식이 있어야 정상이나 병호가 예상한 대로 첫아이를 낳느라 얼마나 고생을 했는지, 이후에는 다시는 임신을 시키지 않았다. 양이 산부인과 의사인 제멜바이스가 왕진까지 와서야 겨우 아이를 낳았으니까.

그러나 금년 여섯 살, 세 살인 여아와 남아를 낳은 순영은 아직도 한양에 있었다. 병호가 가끔 한양에 들르기는 했지만 주로 이 해삼위 등 북방에서 생활하는 바람에, 적적해 지홍은 데려온 것이고, 순홍은 김문에 대한 보험으로 한양에 남겨놓은 것이다.

아무튼 지홍의 버릇을 잘 알고 있는 병호는 더 이상 지홍에 대해 신경 쓰지 않고 그 길로 욕실로 가 양치질과 세수를 하고, 머리도 감았다. 그리고 거울을 보니 그곳에는 스물세 살 어엿한 청년의 준미한 얼굴이 비쳐졌다.

거울에서 얼굴을 뗀 병호는 면포로 머리를 털어 말렸다. 그러자 주방에서 달그락거리며 조반 준비를 하고 있던 정님이 달려왔다.

"상투 틀어드릴까요?"

"오늘도 또 신세 좀 질까?"

"제 유일한 낙이니 나리는 그런 말씀마세요."

"그러나저러나 너는 어떻게 된 아이가, 소개하는 놈마다 싫다고 거절하니, 혼자 늙어 죽을 셈이냐?"

"네!"

정님의 나이 벌써 스물여덟 살이었다.

"허허, 거참……!"

"다 됐네요."

"시집가라는 소리만 하면 손이 빨라지는구나!"

더 듣기 싫은지 정님이 발딱 일어나 주방으로 향하자 병호는 곧 자신의 방으로 들어와, 솜을 누빈 두꺼운 방한복을 이중으로 껴입고, 털로 된 방한모마저 쓰고 밖으로 나왔다.

마당으로 나오니 역시 부지런한 장쇠가 넉가래로 눈을 치우고 있었다. 아니, 길을 내는 정도에 그치고 있었다.

"기침하셨습니까? 나리!"

변함없이 충성을 다하는 장쇠를 보고 병호가 말했다.

"군인들이 치우게 내버려 둬."

"그래도 길은 내놔야죠."

고생도 팔자라더니 이 저택을 경비하는 소대 병력에게 눈 치우는 것을 맡기라 해도, 굳이 길이라도 내겠다니 더 이상 그에 대해서는 언급하지 않고 병호가 그에게 물었다.

"언제가 해산달이지?"

"다음 달입니다. 나리!"

장쇠 역시 병호의 지시에 의해 금순을 이곳으로 이주시켜 한 집에서 살고 있었다.

이때 중문 밖 바깥채에서 서로 인사를 하고 받는 소리가 들려왔다.

"충성!"

"충성! 추운데 다들 고생이 많다."

"당연히 해야 할 일입니다."

"그래, 수고하고."

"충성!"

"충성!"

"문 열어줘라! 아무래도 최 사령관의 목소리다."

"네, 나리!"

장쇠가 미처 치우지 않은 눈 위를 설피(雪皮)를 신고 어설프게 걸어 중문을 열어주자, 역시 방한복으로 완전무장을 한 최성환이 설피를 신고 안으로 들어오며 병호에게 인사말을 건넸다.

"이 시각이면 일어나 계실 줄 알았습니다."

"무슨 일로 새벽 댓바람부터 남의 집은 쳐들어오는 것이오?"

"이제 양단간에 결정을 내리셔야 하지 않겠습니까?"

"암, 내려야지. 전쟁이야, 전쟁!"

"네?"

"밖에서 떠들 것이 아니라, 안으로 들어오시오."

"네, 사장님!"

최성환이야 따라 들어오거나 말거나 먼저 안으로 들어온 병호가 주방에 있는 정님을 향해 말했다.

"여기 커피 두 잔만 줘!"

"빈속에 자시는 것은 해롭다면서요?"

"그래도 공복에 마시는 커피가 더 맛있는 걸 어떻게 해."

이제 무역선의 왕래가 더욱 빈번해짐에 따라 커피를 마시는 일도 쉬워졌다. 그래서 병호는 전생에서 즐겨 마시던 커피를 삼 년 전부터 애호해 오고 있었다.

이를 따라 처음에는 쓰다고 인상을 찡그리던 최성환을 비롯한 고위 장교들도 의례히 커피를 대접받길 원했다. 아무튼 병호가 거실의 소파에 앉자 따라 들어온 최성환도 맞은편 자리에 앉으며 말했다.

"조선 조정에서도 이제 더 이상 좌시하지 않겠다고 하지 않습니까? 사장님의 재산을 모두 압류하고, 부인과 어머니 또한……."

"그만!"

더 이상 듣기 싫은지 고함을 질러 그의 입을 막은 병호가 말했다.

"그걸 일거에 해결하는 방법이 전쟁이란 말이오, 전쟁!"

"누구와……."

"당연히 청국이지. 조선군에게 총부리를 들이댈 수는 없는 노릇 아니오?"

"그렇다고 조선 조정의 노여움이 풀릴까요?"

"청국을 상대로 전쟁에서 승리해봐, 졸지에 우리는 민족, 아니, 백성들의 영웅이 되게 되어 있어. 역사를 더 거스를 것도 없이 야인이라 깔보던 놈의 수괴에게, 임금이 삼전도에서 치욕적인 삼고구궤(三顧九饋)를 행하는 것도 모자라, 죄 없는 조선의 백성 50만 명이 그들 나라로 끌려가 모진 고초를 당한 일을, 온 백성이 생생히 기억하고 있는 바에야, 짱꼴라 새끼들을 깨부순 것에 대해 열광적으로 환영하지, 나를 죽일 놈이라고 하겠어? 이렇게 되면 조선 조정도 나를 함부로 건들지 못하지."

"그렇긴 하겠습니다만, 문제는 되놈과 맞붙어 승리를 해야……."

"그렇게도 자신이 없소? 육군이 3만여 명. 여기에 기병, 포병, 뿐이오? 해군이 1만, 세계 어느 군대도 갖추지 못한 최신식 무기, 무엇이 두렵소?"

"두렵다기보다는 전쟁을 하기에는 아직 날씨가……."

"물론 전쟁을 해도 날이 풀린 다음에 해야지. 지금부터라도 철저히 준비해 두시오."

"네, 사장님! 헌데 저들이 인해전술로 나올까봐, 그것이 좀 걱정이 됩니다."

"우리가 유리한 전장을 택할 수 있게끔 하는 것도 능력 아니오?"

"그야 그렇습니다만."

"사전에 치밀하게 준비한 곳으로 놈들을 유인해 아예 개 박살을 내버립시다."

"아직도 일부 간도에 살고 있는 조선 백성들은 어찌 하지요?"

"이주하라 해도 하지 않으니 그냥 내버려 두시오."

"그럴 수야······."

"내 말은 그들이 인계철선이 되어야 한단 말이오. 그들로 인해 전쟁이 벌어지고, 우리는 그들을 보호한다는 명목으로 자동 개입하는 것이지."

"그런 방향으로 작전을 세워야겠군요."

"그렇소."

"금년에는 시찰을 안 떠나십니까?"

"날이 풀리는 대로 함께 갑시다."

"네, 사장님!"

"커피 다 식겠소."

둘이 다투듯 의견을 교환하니 놀란 정님이 조용히 다탁 위에 놓고 간, 식은 커피를 그때부터 후루룩 마시기 시작했다.

*   *   *

그로부터 10일 후.

삼월이 가까이 되자 자주 끼던 해무(海霧)도 그 간격이 뜸해졌고, 얼었던 금각만(金角灣)의 얼음도 완전히 녹아 배들의 운항도 더 이상 지장이 없게 되었다.

이렇게 봄기운이 코끝을 간질이자 병호 또한 더는 참지 못하고 역내의 시찰에 나섰다. 병호가 해삼 위 북쪽 구릉 가장 높은 지대인 자신의 저택을 나서자, 애초의 경호원 16명 외에도 추가된 일개 소대 경호 병력이 그를 에워쌌다.

그러나 병호는 그런 그들에 대해서는 일절 신경 쓰지 않고 눈앞에 펼쳐지는 전경을 바라보았다.

코주부원숭이 코처럼 길게 뻗어 내린 반도를 중심으로, 둘로 나뉜 만의 한쪽에는 수십 척의 군선이 떠 있었고, 다른 한쪽에는 역시 수십 척의 상선이 떠, 짐을 싣고 부리느라 일대가 부산했다.

그리고 길게 뻗은 반도를 시작으로 조성되기 시작한 시가지는 안으로 들어올수록 바둑판처럼 종횡으로 질서정연하게 도로를 따라, 잘 정비되어 있어 어느 도시 못지않은 계획도시를 자랑하고 있었다.

이를 흐뭇한 눈으로 바라보던 병호는 곧 발걸음을 떼기 시작했다. 중앙 광장 분수대 앞에 축성된 시청사를 향하고 있는 것이다. 이 해삼위야말로 그동안 장족의 발전을 거듭해, 한가

한 어촌 마을이었던 것이 어느덧 5만의 도시로 탈바꿈해 있었다.

물론 5만의 인구 중에는 군인의 숫자가 상당한 비중을 차지하고 있지만 말이다. 아무튼 병호가 빠르게 걸어 시청 가까이 왔을 때였다. 갑자기 높고 날카로운 기적이 들려와 정신 놓고 걷는 사람들을 깜짝 놀라게 했다.

뚜 뚜 뚜……!

이에 병호가 급히 시선을 들어 바라보니, 객차(客車) 세 량에 화차(貨車) 일곱 량을 매단 증기기관차가 막 움직이기 시작해, 뽀얀 수증기와 함께 서서히 그 육중한 몸체를 움직이고 있었다.

이 증기기관차야말로 기나긴 기다림의 산물이었다. 증기기관차의 선진국 영국으로 떠난 유학생 다섯 명이 작년 초 귀국을 했고, 또 네덜란드에서 수입한 기관차를 가지고 연구한 국내 연구진들의 합작품으로 탄생한 것이 이 증기기관차였다.

그러나 철도 공사는 벌써 4년 전에 시작하여 하바롭스크까지 금년 연말이면 개통이 될 것이다. 철도를 부설하는 일도 쉽지만은 않아서 네덜란드의 측량 기술자 백 명을 초빙하고, 여기에 광산 기술로 다져진 천공 및 발파 기술이 터널을 뚫고, 양질의 철로 철교까지 가설하느라 상당한 애를 먹은 부산물이었다.

아무튼 2층 철근콘크리트 구조물에 미려하게 백색 대리석으로 마감한 웅장한 시청사에 들어서니, 이를 지키고 있던 군인들이 병호를 알아보고 급히 인사를 해왔다.

"충성!"

"충성!"

대충 그들의 인사를 받은 병호는 빠르게 걸어 2층 자신의 집무실에 도착했다.

외부 문에는 비록 '사장실'이라고 쓰여 있지만 북방의 최고 지도자인 그를 경외하지 않는 사람은 한 사람도 없었다. 아무튼 병호가 집무실 문을 열자 단정한 제복을 입은 여비서가 반갑게 인사를 해왔다.

"안녕하세요? 사장님!"

"수고, 모두 통보는 했지?"

"네, 사장님!"

"커피 한 잔 부탁해."

"네, 사장님!"

지시를 하고 병호가 또 하나의 문을 열고 들어서자 그곳에는 장방형의 호화로운 나무 책상과 벽을 에워싼 책장이 눈에 들어왔다.

병호는 자신의 업무용 책상이 아닌 그 앞에 놓인 소파에 털썩 주저앉았다. 그리고 고개를 숙이고 머리를 감싼 채 잠시 깊은 생각에 잠겼다. 그러길 채 5분이 되지 않아 노크 소리와 함께 여비서의 목소리가 들려왔다.

"들어가도 되겠습니까? 사장님!"

"들어와요."

병호의 지시에 긴 생머리에 무릎 위까지 올라오는 짧은 스커트, 여기 넥타이까지 맨 단정한 차림의 20세 전후의 미녀가 쟁반을 들고 들어왔다.

"순명(順命)아!"

부인 순영과 이름이 비슷해 면접 때 플러스 점수를 받은 그녀가 공손하게 대답했다.

"네, 사장님!"

"시집 안 가냐?"

사장의 부름에 긴장하고 있던 그녀가 쌀쌀맞은 느낌이 들 정도의 어감으로 짧게 대답했다.

"생각 없습니다."

"따르는 사내들은 많을 텐데?"

"없습니다."

"그래?"

병호가 믿기지 않는다는 듯 빙긋 미소를 띠고 반문하자 그녀가 보충 설명을 했다.

"제가 너무 쌀쌀맞아 그런가 봐요."

"하긴 아무리 잘생긴 사내라도 눈길 한 번 안 주니……."

"사장님, 다른 분들 올 시간 됐습니다."

"아, 그래, 그래!"

병호가 곧 잔을 비우자 그녀가 잔을 챙겨들고 바로 나갔다. 그리고 얼마 후, 세 명이 노크와 함께 동시에 안으로 들어왔다. 이에 병호가 자리에서 일어나며 이들을 반갑게 맞았다.

"어서들 오시오."

"일찍 출근하셨습니다."

"충성!"

"충성!"

둘이 거수경례를 하는데 반해 유일하게 민간 복장에 스스럼없는 인사를 건네는 인물은 다름 아닌 네덜란드로 파견 나가 있던 이상적 해삼위 시장이었다. 그가 병호의 명으로 귀국한지는 채 일 년이 되지 않았다.

그간 특허 대행은 물론 유럽에서 쏟아져 들어오는 특허료 관리, 유학생들의 뒷바라지 등을 성실하게 해온 그가 필요해, 병호는 그를 불러들였고 그 자리에는 유진길을 대신 앉혔다.

아무튼 8년의 외국 생활로 이제 영어는 물론 네덜란드어까지 유창하게 하는 중국어 역관 출신인 그를 병호가 중용하는 것은, 그의 성실함도 있지만 국제적인 감각을 가진 그를 높이 평가했기 때문이었다.

이와 더불어 해군사령관으로 육군사령관인 최성환과 함께

들어온 신관호는 김정희의 제자로서, 근린 제국과의 통상조약 체결 당시 부사로 활약한 데다, 이후 삼도수군통제사를 지낸 그의 경력을 높이 샀다.

그가 병호의 부름에 쉽게 응해 해군사령관 직을 맡게 된 데는, 그의 스승인 김정희가 제주도로 유배를 간일과 무관치 않다. 병호가 주로 이곳 북방에 머물며 조선의 정치에 관여를 하지 않으니, 원 역사대로 안동 김문은 그를 말도 안 되는 누명을 씌워 제주도로 유배를 보냈던 것이다.

아무튼 세 사람이 그의 맞은편 소파에 앉자 병호가 심각한 안색으로 물었다.

"전쟁 준비는 모두 끝난 것이오?"

"네, 사장님!

두 사령관의 한 목소리에 병호는 만족한 미소를 지으며 고개를 끄덕였다. 그리고 말했다.

"자, 그럼, 여러 말할 것 없이 그 실태를 점검해 봅시다. 아니, 차제에 나진까지 전부 둘러보는 것으로 합시다."

"네, 사장님!"

두 사령관이 동시에 답변을 하는데 이상적이 물었다.

"저도 동행합니까?"

"바쁜 일 있소?"

"꼭 그런 건 아니지만……"

"그럼, 함께 갑시다."

"네, 사장님!"

이렇게 결정이 되자 네 사람은 즉각 자리에 일어나 밖으로 향했다.

사장실을 벗어나자 육군사령관 최성환이 밖에 대기하고 있던 자신의 부관 둘 중 한 명을 불러 빠르게 무언가 지시를 내렸다. 그리고 병호에게 말했다.

"가시죠. 사장님!"

이때 사장실 문이 열리며 여비서 순명이 병호에게 물었다.

"점심 준비는 어떻게 할까요? 사장님!"

"출장 가는 길이니 며칠 동안 출근하지 않을 것이다."

"저도 동행하면 안 될까요?"

"어디인줄 알고 따라가?"

"어디든……."

"남자들끼리만 가면 재미없으니 데리고 가시죠. 사장님?"

이상적의 말에 병호가 웃으며 말했다.

"박 군단장의 동의를 받아오면 허락하지."

"하바롭스크에 계신 분한테 어떻게 동의를 받아요?"

"그런가? 그럼, 부친도 한번 볼 겸해서 따라나서던지."

"감사해요, 사장님!"

생긋 감사를 표한 박순명이 급히 안으로 들어가 서류 가방

한 개를 챙겨들고 나왔다.

그녀는 지금 하바롭스크 방면 군단장으로 재직 중인 박명우의 딸이었던 것이다. 애초 탐사대원으로 그쪽을 탐사했던 1기 졸업생인 박명우가 그의 부친이었다.

잠시 후.

일행이 역에 도착하니 심부름을 보냈던 최성환의 부관이 달려와 고했다.

"특별 객차를 한 량 더 편성했습니다. 사령관님!"

"수고했어! 자, 타시죠."

"그럽시다."

"모시겠습니다."

부관이 부지런히 앞서나가고 일행은 기관차 바로 다음에 붙은 객차에 모두 올라탔다. 그러자 병호의 경호 병력 및 수행원들이 모두 객차에 동승했다.

이렇게 되니 열차 한 량이 가득 차고도 부족해 일부 경호 병력은 앉을 수 없었다. 곧 기차가 긴 기적을 울리며 해삼위 역을 출발했다.

그리고 얼마나 달렸을까 병호가 누가 흔드는 바람에 선잠에서 깨어 일어나보니 기차가 서서히 느려지고 있었다.

"저것 봐요. 사장님! 이 도시도 그동안 무척 발전했네요."

"발해역에 도착한 것이냐?"

"네, 사장님!"

달리던 열차가 멈추려 하는 곳은 지금의 우수리스크로 병호는 이 도시의 이름을 고토회복의 염원을 담아 '발해(渤海)'라 지었다.

간도 방면을 담당하는 군사 요충으로 발전하여, 벌써 2만의 도시가 형성되어 있어 순명을 놀라게 한 것이다. 잠시 승객과 짐을 내리고 실은 기차가 다시 움직이기 시작하자, 이후부터는 낮은 구릉과 산들로 이어진 목초 지대로 수많은 말과 낙농 목장이 연이어 전개되고 있었다.

이렇게 달린 기차는 다음날 새벽에는 발해의 정리부(定理府) 지명에서 따온, 정리역(定理驛)에 도착해 있었다. 이곳은 지금의 '스파스크달니'라는 곳으로 홍개호 하단 우측에 건설된 1만 명의 도시였다.

이렇게 하루를 꼬박 더 달린 열차는 하바롭스크 못 미쳐 지금의 브이솀스크라는 안변(安邊)역에 도착했다. 이곳까지 철도가 놓여 있어 현재는 더 열차로 달릴 수 없었다.

이곳부터 일행은 주둔중인 군부대의 말을 빌려 타고 더 달리고 싶다는 염원을 담아 지은 주원(走願)으로 명명된 하바롭스크를 향해 달렸다. 그러나 유독 순명만은 말을 탈 줄 몰라 병호의 품에 안겨가야 했다.

이렇게 만 하루를 달려 이들이 주원에 도착하니, 이 또한 가장 위의 도시로 1만 명의 도시가 아무르 강을 끼고 조성되어 있었다. 5천 명이 군인이니 군사 도시라는 것이 옳을 것이다.

병호는 이곳에서 아무르 강을 향해 포진한 포대를 마중 나온 박명우와 함께 시찰했다. 100문의 대포가 군데군데 흩어져 아무르 강을 겨누고 있는데, 만약 러시아 놈들이 이곳으로 진출을 기도했다가는, 깨강정 부서지듯 부서져 그 흔적조차 찾을 수 없을 것이다.

공식 업무가 끝나자 그토록 반가워하던 딸을 외면하던 박명우가 순명을 보고 퉁명스럽게 말했다.

"추운데 이 먼 곳까지 왜 왔어? 어머니는 잘 계시고?"

"엄마를 이곳으로 모시면 안 되나요?"

"언제 임지가 바뀔지 모르는데 성가시게."

이들 부녀를 옆에서 지켜보던 병호가 끼어들었다.

"최소 3년 임기는 보장할 테니, 모셔다 함께 사시는 것으로 하세요."

"정말이십니까? 사장님!"

"물론이오."

"감사합니다. 사장님!"

"제가 오길 잘했죠? 제 덕분에 이제 엄마와 함께 살 수 있게 됐잖아요?"

"그러게 말이다."

"이곳에서 가족을 남겨두고 홀로 근무하는 병사들이 많습니까?"

"반쯤은 그런 것 같습니다."

"하면 그들도 삼 년 동안은 순환 배치를 안 할 테니, 그렇게 하도록 하세요. 단 안일에 빠져서는 안 됩니다."

"물론입니다. 사장님! 장교와 병사들을 대표해 제가 감사를 드리겠습니다. 사장님! 충성!"

"충성!"

인사를 받은 병호가 다시 아무르강을 바라보며 말했다.

"마치 대해처럼 강폭이 넓군요."

"고기도 무척 많이 잡힙니다. 사장님!"

"참으로 일몰이 장관이오!"

"저도 이렇게 아름다운 낙조는 본 기억이 없습니다. 사장님!"

처음으로 끼어드는 해군사령관 신관호를 향해 병호가 말했다.

"오늘은 여기서 묵고 내일 아침 일찍 나진으로 출발할 것이니, 정박 중인 전함에 이를 통보해 주시오."

"네, 사장님!"

강 안 포구에는 증기선 한 척과 클리퍼 범선 3척이 군선으로 정박해 있었다. 이 클리퍼 군선은 네덜란드 총독에게 주문해 들여온 30척 중 일부였다.

　　　　*　　　　　*　　　　　*

　그로부터 이틀 후.

　병호 일행은 세 척의 클리퍼 군함의 호위를 받으며 증기선
군함을 타고 나진항에 도착했다.

　항구에서 바라보는 나진 또한 그가 주상에게 고한 10만 명
에는 못 미치지만 7만의 대도시로 발전해 있었다. 이는 초기
에 해삼위로 많은 사람들을 빼돌린 결과였다.

　아무튼 하선한 일행이 만 일대를 꽉 채우듯 조성된 조선소
와 웅장한 모습의 제철소를 바라보며 상전벽해(桑田碧海)를 실감
하고 있는데, 이들을 향해 헐레벌떡 달려오는 사람이 있었다.

　이곳 나진의 조선소 및 목장을 총괄하고 있는 홍순겸이었다.

　"어서 오세요. 사장님!"

　"고생이 많소."

　"당연히 해야 할 일입니다."

　"요즈음은 얼마나 건조되고 있소?"

　"여전히 증기선 2척에 클리퍼 범선 4척, 여타 범선도 8척 정
도는 건조되고 있습니다. 사장님!"

　"목장은?"

　"여기저기 5천 두 정도는 방목하고 있습니다."

말 이야기가 나와서 말이지만 병호는 만상을 통해 꾸준히 말을 들여왔다.

그 결과 이곳에 5천 두, 연해주에는 무려 3만 마리 이상 되는 숫자가 번식되어 군 및 목장에서 사육되고 있었다.

"선박용 목재는 부족하지 않소?"

"주변이 온통 산인 데다 큰 나무는 무산 및 회령탄전 일대에서 벌채되어 두만강 수운을 이용하여 실려 오기도 합니다."

무산 옆의 회령도 빠르게 증가하는 석탄 수요에 맞춰 탄전으로 개발되었다. 그래서 홍순겸이 회령탄전이라는 말을 한 것이다.

아무튼 병호가 홍순겸의 안내로 일행을 이끌고 시내로 진입하는데 뒤늦게 나타나 이들을 환영하는 사람이 있었다. 나진 제철소를 책임지고 있는 마일록 이사였다.

제철본부장 신응조는 송림으로 돌아갔고, 마일록이 이곳 제철소가 커짐에 따라 부장에서 이사로 승진한 것이다.

"고생이 많소."

"오신다는 연락을 주셨으면 일찍 마중을 나왔을 텐데요. 사장님!"

"아무려면 어떻소. 자, 제철소도 둘러볼까요?"

"네, 사장님!"

"철의 수급은 어떻소?"

"사장님이 알려주신 채광법과 선광법에 의해 이곳은 물론 송림도 충분한 공급이 유지되고 있습니다. 사장님!"

"다행이오."

이때였다. 병호가 있는 곳으로 말 한 필이 빠르게 질주해 오고 있었다. 그런데 이 말이 웬만하면 사람이 많은 곳에 오면 멈추어야 하나, 이를 무시하고 계속 달려오다, 경호원들의 제지를 받고나서야 멈춰 섰다.

말에서 훌쩍 뛰어내린 소위 계급장을 단 장교가 멀리서부터 병호를 부르며 달려왔다.

"사장님, 사장님!"

"무슨 일이냐?"

"큰일 났습니다. 청나라 길림부도통(吉林副都統)이 순시를 나와, 아직도 철수하지 않았다고 노발대발 난리를 치고 있습니다. 사장님!"

"그래?"

잘됐다는 듯 빙긋 미소를 지은 병호가 그 장교에게 물었다.

"그래서 어찌 대처하고 있느냐?"

"달래고는 있으나 막무가내입니다. 단 사흘 안에 모두 철수하지 않으면 군대를 동원해 강제 철수시키겠다고 방방 뜨고 있습니다. 사장님!"

"사흘 안에? 무슨 수로 그 드넓은 간도며 우리가 철수를 할 수 있단 말이냐?"

"괜히 엉뚱한 곳에 가서 뺨 맞고 와서 우리한테 화풀이 하는 것이 아닌지요?"

일개 말단 병졸이라도 병호가 국제 정세를 강의했기 때문에 요즘 청나라 돌아가는 꼴을 모두 알고 있는 이들이었다. 하물며 장교라면 더 말할 것도 없었다.

어찌되었든 방금 전령으로 온 장교가 말한 내용은 청나라가 1842년 8월 아편전쟁에 패해 결국 영국 함대의 갑판에서 영국과 청나라 사이에 역사적인 '남경 조약'이라는 불평등 조약이 체결된 사실.

또 1844년에는 미국과 망하조약, 프랑스와는 황포조약 등의 불평등 조약을 계속 체결함에 따라, 중국이 오랫동안 유지해오던 중화사상은 여지없이 깨졌으며, 중국 사회는 커다란 충격에 빠졌다.

따라서 중국이 종이호랑이라는 사실을 말단 병졸까지 알고 있으며, 이를 잘 알고 있는 장교 또한 서슴없이 그런 표현을 한 것이다. 그런데 길림부도통이라는 작자만 이런 사실을 모르고 있는지, 조선만은 만만히 보고 가소롭게도 고압적으로 나오고 있는 것이다.

"전쟁이다, 전쟁!"

장교의 말은 더 이상 들어볼 것도 없다는 듯 외치고 병호는 서둘러 해삼위로 돌아갈 것을 천명했다.

"돌아간다!"

병호의 명에 경호 병력이 다시 그를 겹겹이 둘러싸며 근접 경호를 하는 속에서 병호는 홍순겸 및 마일록과 작별을 고하고 타고 온 기선군함으로 향했다.

병호가 급히 해삼위로 돌아와 다시 열차를 타고 간도를 관할하고 있는 발해(우수리스크) 제1군단에 도착하니 군단장 고민석 중장이 그를 황급히 맞았다.

"충성!"

"충성!"

"어떻게 되었소?"

밑도 끝도 없는 물음이나 물음의 의미를 모를 고민석 군단장이 아니었다.

"우리의 철수를 확인차 나온 길림부도통 진염(陳炎)이라는 작자는, 단 사흘 만에 철수를 완료할 것을 주장하다가, 우리가 이를 거절하자 전쟁을 각오하라며 서둘러 돌아갔습니다."

"잘했소. 어떻게 될 것 같소?"

"그의 상태로 보아 이를 즉각 조정에 보고할 것이고, 아마도 틀림없이 저들은 대군을 몰고 와 우리의 철수를 강제하려 할 것입니다."

"하긴 요즘 불평등 조약 체결로 인해 청조의 권위가 크게 땅에 떨어져, 일반 백성들조차 이민족의 왕조인 청 황조에 대해 경멸과 불신을 표출하기 시작했으니, 이 기회에 만만한 우리 조선이라도 눌러 이를 불식시키려 하겠지."

"옳게 보셨습니다. 따라서 대규모의 군을 동원할 것으로 보입니다."

"만주 팔기가 다 썩은 것은 그들도 알고 우리도 아는데, 어느 군대를 동원할 것 같소?"

"그들로서는 가장 강군이라 할 수 있는 직례(直隷)와, 썩어도 준치라고 만주 팔기를 총동원하여 진군해올 것이라 봅니다. 사장님!"

"좋소! 오늘부터 나를 최고사령관 겸 원수라 불러주시오."

"진정 전쟁입니까? 원수님!"

동행한 육군 사령관이자 대장인 촤성환의 물음에 병호가 주저치 않고 답했다.

"물론이오!"

이어 병호는 즉각 명을 내렸다.

"제1군단은 즉각 간도로 진격하여 그 안에 살고 있는 조선 백성들을 전부 발해 안쪽으로 소개(疏開)하시오. 그리고 당신들은 다시 이곳으로 돌아와 만만의 전투준비를 해주시오."

막상 전쟁이 발발하려고 하자 간도 백성을 인계철선으로

사용하려던 계획은 그들도 다 같은 조선 백성이기에 미워도 희생이 안타까워 취소되었다.

"알겠습니다. 원수님!"

고민석이 즉각 답하자 병호는 미리 작전을 세워놨던 듯 거침없이 명을 내렸다.

"정리(定理)의 2군단 또한 홍개호 안쪽 깊숙이 진격하여 그 안에 살고 있는 청나라 백성을 우리 영토로 소개시키고, 바로 이곳으로 집결해 일전을 불사할 수 있도록 하시오. 또 주원의 3군단 또한 최소 인원만 남기고 국경에 산재한 병력 포함하여 이곳으로 집결토록 하시오. 이를 즉시 전령을 띄워 두 군단장에게 알리도록."

"네, 원수님!"

최성환이 즉시 답하고 그 자리에서 부관을 불러 명을 이행하도록 조처했다. 여기서 병호가 간도에 살고 있는 조선 백성은 물론 홍개호 주변에 살고 있는 청나라 백성까지 소개시키라 명했지만, 사실 그곳에 살고 있는 양국 백성들의 숫자는 그렇게 많지 않았다.

해삼위 및 여타 도시가 발전하고, 그 안에는 병기 및 탄약 등 군수 공장 등에 이들 젊은이가 많이 취업한 상태였기 때문이었다. 처음에는 거절하던 조선 백성들이었고, 경원시하던 청나라 백성들이었다.

하지만 간혹 한두 명의 젊은이들이 이런 공장에 취업해 고임금을 받는 것을 알고, 7년이 흐르는 동안 젊은이란 젊은이들은 모두 그곳을 빠져나와, 취업을 하거나 자진해서 군에 입대하여 직업 군인이 되었다.

따라서 그곳에는 지금 늙은 사람들만 남아 농사 및 여타업에 종사하고 있는 실정이었다. 아무튼 바로 이어 병호는 한양에 있는 정보부장 이파마저 불러들이도록 명했다.

*   *   *

그로부터 약 한 달이 흐른 사월 초하루.

청나라 군대가 대규모 침략을 개시했다. 청군 최고의 명장이라는 승격림심(僧格林沁)을 최고지휘관으로 하여, 직례 및 산해관, 만주 일대에 주둔 중이던 정병 12만을 동원하여 간도 및 홍개호 일대로 진격해온 것이다.

이에 아군은 저들의 공격에 대비해 철저한 방어 계획을 세우고 있었다. 즉 3개 군단 및 특수 병력인 기병과 포병까지 모두 한 곳에 집결시켜, 저들을 일격에 분쇄할 셈인 것이다.

여기서 잠시 군대의 편성표를 살펴보면 다음과 같았다. 즉 분대장 포함 1개 분대는 10명. 여기에 선임하사 및 소위, 중위의 소대장을 포함한 3개 분대가 모여 3두 명이 일개 소대,

현 체재에서 화기 분대가 빠진 결과였다. 이런 소대 셋이 모여 100명 내외의 일개 중대.

이런 3개 중대가 모여 본부 인원 포함 330명 내외의 일개 대대, 이런 3개 대대 및 본부 인원 포함 1천백 명으로 구성된 1개 여단, 3개의 여단이 모여면 3천 3백 명 내외의 사단, 사단 3개가 일개 군단인즉 일개 군단은 1만 1천 명 내외의 병력이 었다.

여기에 특수 병력으로 전원 기병으로 구성된 9천명의 기병 군단이 있었고, 300문의 대포로 무장한 2천 명으로 구성된 포병 군단이 있었다. 물론 기병은 전원 개인화기를 소지하고 있었고, 포병은 사수, 부사수, 탄약수, 그리고 이를 엄호하는 3명의 병사가 일개 조로, 포 1문을 운영하고 있었다.

여기에 이를 지휘하는 지휘관 및 여타 보조 병력을 포함하여 2천 명이, 300문의 포를 운영하는 포병 군단을 이루고 있는 것이다.

아무튼 총 4만 2천 명이 넘는 대병력이 집결해 있는 발해라는 곳으로 승격림심이 지휘하는 12만 청군은 거침없이 진격해 왔다. 이군이 간도 및 홍개호 일대를 소개시키는 바람에 사람하나 없는 무인 지대를 거침없이 돌파해 온 것이다.

그런 그들이 전부 집결하길 병호는 인내심을 갖고 침착하게 기다리고 기다렸다. 그렇게 기다린 결과 발해 분지 너머의 넓은 평원에는 저들 군사들로 넘쳐나기 시작했다.

이를 병호는 높은 언덕에 올라 침착하게 망원경으로 곳곳을 살피며 관찰했다. 말이 12만 명이지, 대평원을 빼곡하게 메운 적들로 인해 그 끝이 보이지 않을 정도였다.

전면에는 대략 2만쯤 되는 기병이 섰고, 후미에는 딴에는 정병이라고 화승총으로 무장한 보군들의 진영이 끝없이 이어지고 있었다. 게다가 열 중간에는 조선의 총통류 비슷한 무기로 무장한 병사도 간혹 보였다.

이런 청군을 보며 피식 웃은 병호가 막 공격 명령을 내리는 찰나였다. 저들 무리의 중간이 갈라지며 백기를 든 자와 이를 호위하는 무리 등이 나타났다. 그들의 전진에 적진이 쫙 갈라졌다.

이에 병호는 저들이 사자를 파견하는 것 같아, 공격 명령을 내리려던 결심을 철회하고, 통역 및 경호 병력을 이끌고 달려 내려갔다. 중간 지점에서 이르자 병호는 더 전진하지 않고, 서서 저들이 다가올 때까지 기다렸다. 머지않아 적의 사자를 포함한 6명이 나타나 병호와 마주서게 되었다.

그러자 병호가 거두절미하고 물었다.

"무슨 일이오?"

당연히 통역이 시행되었고, 저들 또한 통역에 의해 사자의 말이 조선어로 전해졌다.

"승격림심 군왕(郡王)께서는 지금이라도 조선군이 철수하여 수백 년 맺어온 양국 간의 우의가 손상되지 않길 바라시오."

"흥······!"

그 말에 병호가 코웃음을 쳤다.

여기서 사자가 승격림심을 군왕으로 칭했는데, 그는 원래 내몽골 호루친족의 귀족 출신의 무장으로, 도광(道光) 5년(1825)에 다라군왕(多羅郡王)이라는 세습 작위를 받은 바 있다. 몽고말로 '셍게린친(僧格林沁)'이란 이름으로 불리기도 한다.

아무튼 병호가 코웃음을 치자 적 사자의 얼굴이 노여움으로 수시로 변했다. 그러나 침착함을 되찾은 병호는 표정하나 변치 않고 말했다.

"철수해야 되는 것은 청나라 군대다. 간도와 연해주는 고래부터 우리의 영토였고, 백두산정계비로도 명백하게 토문이 송화강을 가리키는 이상, 간도 또한 우리의 영토다. 그런 것을 귀국은 아니라 생떼를 쓰고 있으니 어인 일인가?

"허허, 거참! 군왕께옵서 마지막으로 한 줄기 자비심을 내어 좋게 일을 해결하려 했건만, 도저히 말이 통하지 않는 무리들이로구나!"

"말이 통하지 않는 건, 너희 무리니 더 할 말 없으면 속히 돌아가라!"

"무리?"

"쓸데없는 시비 말고 돌아가라. 모든 것은 양 진영의 실력이 증명해줄 것. 허튼 시바로 본장의 입 아프게 하지 말고."

"좋다! 잠시 후에는 살려 달라 애걸해도 절대 자비가 없을 것인즉 그리 알라!"

"내가 할 소릴 너희들이 지껄이고 있구나. 빨리 돌아가라!"

"내 그대로 고할 것인즉 후회하지 마라!"

"너희들이나 후회하지 마라!"

"두고 보자!"

삼십 대 후반의 사자치고는 비교적 젊은 놈이 괘씸한지 콧김을 씩씩 뿜으며 돌아갔다.

그리고 일각 후.

승격림심의 지휘 검이 하늘로 치솟았다가 내려지는 것을 시작으로, 선두에 선 기병 2만이 일제히 아군을 향해 돌격해 오기 시작했다. 대부분이 구식 병기인 창과 칼을 든 자들이었고, 일부는 화승총을 든 자들도 있었다.

아무튼 이를 기다렸다는 구릉 정상에서는 청색 기가 곳곳에서 휘둘러지기 시작했다. 이에 포병대장의 외침이 대평원에 울려 퍼졌다.

"준비!"

"준비!"

'준비.'

이 명령은 사전에 아군끼리 약조된 신호였다. 청색 깃발과 함께 준비라는 명이 떨어지자, 제일 선두에 서 있던 기병 9천 명이 일시에 좌우로 갈라지며 전면을 확 틔워놓았다.

그러자 기병에 의해 가려졌던 300문의 대포가 일제히 그 위용을 드러냈다. 이를 본 적의 기마병들이 당황했다.

"저 시꺼먼 괴물이 뭐냐?"

"보면 몰라? 홍이포지."

"제길… 저놈들이 흉물스럽게 저걸 숨겨놨구나! 한 방 맞으면 골로 갈 텐데?"

"쓸데없는 소리 말고 돌격이나 하자고."

곳곳의 마상에서 이런저런 말이 지껄여졌으나 그들의 말은 더 이어질 수 없었다.

"방포!"

"방포!"

구릉 정상에서 붉은 깃발이 휘날리며 포병에 대한 공격 명령이 떨어지자, 일찍부터 준비를 마친 제1열 100문의 대포가 화망을 구성해, 몰려오는 적 기마병들을 향해 일제히 불을 뿜기 시작했다.

쾅, 쾅, 쾅……!

콰르릉 쾅, 쾅, 쾅!

번쩍이는 섬광과 함께 천지를 집어삼킬 듯한 포성이 일제히 대평원에 떨어 울렸다.

이에 놀란 말들이 두 발을 번쩍 치켜들어 낙마를 한 기병
은 그래도 양호한 편이고, 화망이 구성된 중간은 아예 작렬탄
의 일시 폭발로 인해, 모든 형체가 사라지고 일대는 산재한 웅
덩이만 남았다.

이에 후미에 달려오던 말들이 웅덩이 속으로 곤두박치거나
말거나, 다시 한 번 포성이 천지간에 울려 퍼졌다. 미처 처음
의 매캐한 포연이 가시기도 전이었다. 그러자 이번에는 제일
선두에 달려오던 놈들이 흔적도 없이 분해되어 사방으로 살점
과 피만이 하늘로 비산했다.

그리고 또 한 번 100여발의 포탄이 후미를 강타하는 순간
에는 후미에 서 있던 청군의 낯색이 모두 탈색됨은 물론, 심한
자들은 그 자리에 주저앉아 질질 오줌을 싸고, 일부는 벌써
열에서 이탈해 달아나기 시작했다.

"기병 공격!"

"공격!"

"공격 앞으로!"

구릉 정상에서 황색 깃발이 연달아 휘둘러지는 것을 시작
으로, 양옆으로 썰물처럼 갈라졌던 기병들이 일제히 총을 치
켜들고, 전속력으로 말을 몰아 달려 나가기 시작했다.

곧 수천 발의 총성이 일시에 대평원에 울려 퍼지며 일대 인

간 사냥이 시작되었다.

탕탕탕……!

타르르륵 탕탕탕……!

아군 기병이 이르는 곳마다 대부분이 달아나기 바빴다. 그러니 무슨 전투가 되겠는가? 기병이 일시에 사라지는 순간 저들의 전의는 이미 사라진지 오래였다.

여기에 적을 사분오열시키기 위한 기병들의 일대 돌격이 감행되니, 적진은 일대 아수라장으로 변했다. 나폴레옹이 행한 전법 그대로 적은 대오를 상실한지 이미 오래.

그런 그들에게 총공격 명령이 떨어졌다.

"전군, 총공격!"

"총공격!"

"공격 앞으로!"

3개 군단 3만여 병력이 일시에 내닫기 시작했다. 온 들판이 아군으로 꽉 찬 것 같았다. 그들이 달아나는 적을 쫓았다. 그야말로 아군은 양 떼 속에 풀어놓은 이리와 진배없는 형용이 되었다.

탕탕탕……!

으악……!

캑……!

컥……!

다양한 비명과 함께 청군은 쫓기다 무기력하게 죽음을 맞았다. 그러나 일부 청군은 용감하게 대항하고 있었다. 그런 무리에 둘러싸인 사람이 한 명 있었다.

승격림심이 지휘하는 지휘부였다. 그러나 그들의 외곽도 차츰 줄어들기 시작했다. 마치 졸아드는 물속에서 부족한 산소를 서로 호흡하기 위해 물고기가 뻐끔거리듯, 최후로 몸부림치던 자들이 하나둘 거꾸러져 나감에 따라, 승격림심의 전의도 급속히 빨려 나가고 있었다.

그런 그들을 향해 온 들판에 메아리처 들려오는 말이 있었다.

"항복하라!"

"항복하라!"

분명 조선어이건만 이를 용케 알아듣고 일부 병사가 들고 있던 무기를 땅바닥에 투척하고 두 손을 높이 치켜 올렸다. 그러자 그들에게는 더 이상의 위해가 가해지지 않았다.

이를 본 주변 병사들이 다투어 항복 대열에 합류하기 시작했다. 그러자 이 현상이 들불처럼 순식간에 번져 나갔다. 도미노이론을 창시한 사람이 누구인지 몰라도, 이를 보았다면 몇백 년 앞서 그 이론을 창시하지 않았을까 하는 생각을 하며, 병호는 실소와 함께 전투 현장에서 눈을 떼었다.

높은 하늘이 보였다.

사월의 하늘치고는 너무나 맑고 청명한 날씨였다.

"아, 날씨 한번 좋구나!"

'그래, 이제부터 비상하는 거야! 비상(飛翔)! 그래 비상이다. 높이 한번 날아 보자구나!'

"하하하⋯⋯!"

그의 호쾌한 웃음처럼 오늘을 기점으로 병호는 그간 움츠렸던 어깨를 활짝 펴고 우뚝 서기 시작했다. 조선만이 아닌 이 인간 세상에!

병호가 다시 돌아서서 전장을 보는 순간 전황은 아군에 훨씬 더 유리해져 있었다. 죽거나 도망치지 못한 대부분의 청나라 군사들이 항복을 하고, 이제 저항하는 무리들은 얼마 되지 않았다.

그런 속에서 하나의 섬처럼 치열하게 저항하는 곳이 있으니 승격림심이 있는 곳이었다. 당연히 아군 병력의 화력이 그쪽으로 집중될 수밖에 없었다. 그러자 그들의 외곽부터 빠른 속도로 무너지기 시작했다.

아군의 조준 사격에 속절없이 외곽 군대가 쓰러지는 속에서 이미 전의를 상실한 승격림심이었지만, 최후의 일인까지 자신을 지키겠다고 저항하는 군사들을 보고는 감동하지 않을 수 없었다.

그렇지만 이미 대세는 기울었다. 자신으로 인해 지휘부는 물론 몽고에서 데리고 온 친병들이 더 이상 살상되는 것은 막아야겠다는 생각이 들었다. 생각지 일자 승격림심은 즉각 곁에 붙어 있는 친위병 수좌에게 말했다.

"백기를 들어 올려라!"

"안 됩니다. 장군님!"

"더 이상의 주검을 두고 볼 수는 없다."

"이대로 끝날 수는 없습니다. 장군님! 최후의 일인까지 결사 저항하여 우리가 결코 녹록지 않다는 것을, 조선 놈들에게 보여줘야 합니다. 장군님!"

"그런다고 무엇이 달라지겠나? 이미 대세는 기운 것을. 하니 장래를 위해 지금은 정기를 보존해야 할 때야."

"장군님! 흑흑흑……!"

"군왕님, 흑흑흑……!"

뜻있는 대부분의 친위병들이 흐느끼는 속에서 입술을 피가 나도록 깨문 친위병 수좌에 의해 천천히 백기가 올라갔다.

그러자 약속이나 한 듯 양군의 총성이 딱 멎었다. 곧 승격림심을 비롯한 전원이 무장해제가 되고, 오라까지 묶인 300명의 친위군이 병호 앞으로 끌려갔다. 그러는 동안 장내는 각 지휘관들에 의해 전장 정리가 한창 진행되고 있었다.

포로는 포로대로 한군데로 모아지고, 시체 또한 한쪽으로 모여졌다. 부상병들 또한 피아를 가리지 않고 의무대가 있는 곳으로 날라졌다. 그러는 동안 일부 병사들은 무기며 여타 노획물을 한쪽에 쌓아놓으니, 그 자체가 조그만 산을 이룰 정도로 엄청났다.

때로 죽지 않은 말도 있어 그것들은 별도로 관리되었다. 그러나 부상을 심하게 입은 말은 단칼에 목을 베어 고통을 덜어주었다. 이런 속에 승격림심만을 자신의 군막 안으로 불러들인 병호는 손수 그의 오라를 풀어주며 위로했다.

"전쟁에서 패하는 일은 병가지상사라 하지 않았소? 하니 너무 마음에 담아두지 마시오."

"당신 같으면 이 치욕을 잊겠소?"

올해 39세로 아직 젊은 측 무장에 드는 승격림심의 거친 항의에 병호가 빙긋 웃으며 답했다.

"잊을 수 없지요."

"그런데 날보고는 어찌 잊으라 말하오."

"그래야 당신의 정신 건강에 이로울 테니까."

"끙……!"

괴로운 신음을 토하던 승격림심이 잠시 후 한결 차분해진 얼굴로 말했다.

"나는 어찌해도 좋으니 포로로 잡힌 아군은 모두 방면해 주었으면 좋겠소."

"그것은 앞으로 전개될 상황을 보아가며 결정될 일이니 지금은 들어줄 수 없소."

"끙⋯⋯!"

다시 한 번 괴로운 신음을 토하던 승격림심이 두 눈을 감았다. 그리고 전장을 복기하는지 한참을 골똘한 생각에 잠겼던 그가 물었다.

"조선군이 언제 이런 전력을 갖춘 것이오."

"벌써 7년이나 지난 일이오."

"허허! 그런 것을 청나라 조정만 모르고 있었군."

"아니, 아직 우리의 실체를 아는 자는 세상 그 어디에도 없소."

"그렇다니 좀 위안은 되지만, 그동안 우리가 조선을 너무 얕본 것 같소."

"이제라도 알면 됐소."

"장차 조정이 어찌 될지⋯⋯?"

개탄을 금치 못하는 그에게 병호가 물었다.

"당신의 조국은 몽고 아니오?"

"복속된 지 이미 오래. 충성을 바치기로 했으면 바쳐야지, 이제 와서 배신을 할 수는 없소."

그의 말에서 회유한다고 될 일이 아닌 것 같아, 내심 회유하려던 마음을 접고 병호가 말했다.

"당신을 포함한 포로들의 처리 문제는 청나라 조정의 하기에 달렸소. 하니 당분간은 기다려야겠소."

"알겠소."

"끌고 나가라."

"네, 원수님!"

곧 승격림심이 아군 경호대에 의해 끌려 나가고 천막 안에 갑자기 정적이 찾아왔다. 그러자 병호는 곧 지휘관 회의를 소집했다. 그리고 채 차 한 잔 마실 시간이 지나지 않아 전 지휘관이 자리를 잡자, 병호가 지휘관들을 둘러보며 그들을 위로했다.

"고생들 많았소!"

"다 원수님 덕분입니다."

"아무튼 좋소! 대승에 취해 있을 것이 아니라, 속히 전장 정리를 끝내고 한 치라도 청나라 영토를 더 정복합시다."

"네, 원수님!"

"그럼, 지금부터 작전 명령을 하달하겠소. 제1군단은 동간도로 진격하고, 제2군단은 목단강(牧丹江) 방면, 제3군단은 송화강(松花江) 방면으로 진격하여 차근차근 우리의 영토를 넓혀 나갑시다. 이때 특히 주의할 것은 아직도 전쟁에 참여하지 않은 만주 팔기의 일부가 있을 수도 있으니, 이들에 대한 경계심을 늦추지 말고, 청나라 백성들은 우리 조선인과 똑같이 취급하여 절대 민폐를 끼치는 일이 없도록 하오. 알겠소?"

"네, 원수님!"

"기병 군단과 포병 군단은 이곳에 남아 포로들을 관리하고 혹시라도 위험에 빠진 아군이 있으면 지원하는 것으로 합시다."

"네, 원수님!"

병호의 명에 기병 군단장에 오른 전 훈련 소장이자 현 중장인 박은조와, 전 무관 출신으로 포술이 가장 뛰어나 일약 포병대장 지위에 오른 소장 장제식(張齊殖)이 힘차게 대답했다. 그런 둘을 기분 좋은 미소로 바라보던 병호가 마무리를 지었다.

"오늘은 대승을 거두었으니 술과 고기를 내어 호궤하되 술에 취하는 병졸이 있어서는 안 되오. 하고 전투는 내일부터 다시 시작하겠소. 이상!"

"충성!"

"충성!"

일제히 기립하여 전원 씩씩하게 군례를 올리고 나가는 각 지휘관들을 보고 병호는 생각나는 것이 있어, 즉시 작전을 짜는데 지혜를 빌려주었던 이파를 귀국토록 했다.

조선 조정이 어떻게 돌아가는지 궁금했기 때문에 그를 다시 한양으로 돌려보내는 것이다.

　　　　*　　　　　*　　　　　*

　주상이 보낸 선전관이 병호를 찾은 것은 그로부터 어언 두
달이 흐른 5월 초하루였다. 여기서 전투를 시작한 게 사월 초
인데, 두 달이 흘러 5월 달이 되었다는 것은, 올해는 4월 달에
윤달이 들었기 때문이었다.

　아무튼 병호를 찾은 선전관이 전한 내용은 속히 입궐하라
는 딱 한마디였다. 교지 내용을 전한 선전관이 돌아가자, 병호
는 내심 회심의 미소를 지었다. 올 것이 왔구나 하는 생각이
었다.

　아무리 무능한 청 조정일지라도 두 달 동안 아무런 반응이
없는 것은 이상한 일이었다. 그래서 병호는 청 조정에서는 조선
조정으로 칙사를 파견했거나 무슨 수작을 부리는 줄 알았다.

　그러던 중 얼마 전 이파가 전해온 소식이 있었다. 병호가 철수
하라 해도 말을 듣지 않자, 조정에서는 병호의 부인 순영은 물론
어머니와 장인마저 충청감영에 가두고, 재산을 몰수하려고 했는
데 그즈음 뜻밖에도 청나라에서 칙사가 당도했다는 것이다.

　그다음부터는 뻔한 내용이었다. 포로를 돌려주고 속히 자
신의 영토 내에서 철군하라는 압박을 황제의 명으로 칙사가
조선 조정에 가한 것이다. 칙사의 말에 정작 당황한 것은 조

선 조정이었다.

언제 전쟁이 났는지도 모르는데 포로는 무엇이며, 새삼 철군은 또 무슨 내용인 줄 몰라 잠시 시간을 달라는 말로 칙사를 회유해 놓고는, 당사자인 병호를 주상의 명으로 부른 것이다.

병호는 곧 전 전선에 전령을 띄워 진격을 멈추도록 명했다. 그리고 1, 2군단장에게는 병력을 절반을 이끌고 속히 회군토록 했다. 또 기병 군단장 박은조에게는 별도의 밀계를 주어 그대로 실행토록 했다. 그리고 병호는 서둘러 일단 자신의 집으로 돌아왔다.

집으로 돌아온 병호는 막상 전투 중에도 입지 않던 원수 복장인 정복을 입고 권총까지 허리춤에 찼다. 여기서 잠시 권총에 대해 언급하고 넘어가면 다음과 같다.

19세기 초기 벌써 버커선록(뇌관식 격발장치)이 발명되면서 세계에 보급되기 시작한 데다, 권총 또한 소총의 연장선상에 있는 화기이다 보니, 병호가 부탁한 지 채 1년이 되지 않아 소브레로는 발명가의 기질을 유감없이 발휘해, 현대의 자동식 권총이나 다름없는 권총을 한 자루 만들어 바쳤다.

이를 기준으로 병호는 장교 이상에게는 모두 한 정씩 보급을 완료했다. 아무튼 병호가 거울을 보며 옷매무새를 가다듬고 있는데, 이를 보고 있던 지홍이 갑자기 근래 안 하던 짓을 했다. 뒤에서 껴안으며 속삭이듯 말한 것이다.

"서방님~! 그 옷 입지 않으면 안 될까요?"

"왜?"

"너무 멋있어서 꼬리치는 년들이 많을 것 같아서요."

아닌 게 아니라 지홍의 말대로 반짝이는 별 다섯 개는 그렇다 쳐도, 푸른 견장에 각종 휘장까지 휘황찬란하게 패용하고 정모까지 쓰니, 사람이 더 있어 보이는 것은 사실이었다.

"세상에 여자가 많다고 해도 나에게는 당신과 순영뿐이 없소."

"정말이죠? 서방님~!"

그 어느 때보다도 애교가 철철 넘치는 지홍을 향해 병호는 확신을 주듯 힘차게 답했다.

"물론이지."

"참, 어디 가세요?"

"한양."

"쳇……!"

"부인 만나겠네요."

"전옥소에 갇혀 있대."

"네?"

"그러니 당신은 행복한 줄 알라고."

"안됐다~!"

"내, 그럼 다녀오리다."

"잘 해결하고 오세요."

"애 잘 보고."

"네~!"

막상 대답을 한 후에도 이별하는 게 싫은지 급히 다가와 병호의 볼에 입을 맞춘 지홍이 딴에는 부끄러운지 황급히 안방으로 모습을 감추었다. 이를 열린 문으로 바라보고 있던 경호원들이 와르르 웃음을 터뜨리자 병호가 부러 화를 내며 말했다.

"당신들은 뽀뽀도 안 하고 사오?"

"네!"

이구동성의 씩씩한 대답에 병호는 혀를 차지 않을 수 없었다.

"이, 이런……!"

"갑시다."

"네, 원수님!"

"아무래도 대원수가 더 멋져 보이는 것 같은데?"

"앞으로 대원수로 호칭할까요?"

"그렇게 하도록 합시다."

"네, 대원수님!"

그들의 씩씩한 대답을 들으며 시청으로 향한 병호는 시장 이상적을 만나 자신이 없는 동안 시정을 잘 이끌어 줄 것을 거듭 당부했다. 그리고 그는 해군사령관 신관호 대장을 자신의 집무실로 호출했다.

"부르셨습니까? 원수님!"

"대원수요."

"아, 네. 대원수님!"

"다름 아니라 1만 명의 병력이 승선할 수 있도록 만반의 준비를 갖춰주시오."

"어느 병력입니까? 대원수님!"

"1, 2군단의 병력이오."

"하면 전쟁 끝입니까?"

"이제부터 시작이오."

"네?"

"조선과의 전쟁!"

"하하하……! 조선 군대는 그야말로 반나절 거리……."

"청나라 군대처럼 두 눈 딱 감고 마구 살상만 할 수 있다면 그렇겠지만, 조선 군대야 어디 함부로 발사할 수 있겠소. 아무튼 철저히 준비하여 승선에 지장이 없도록 하고, 우린 먼저 출발합시다."

"하면 1만 명의 군대는……."

"자, 내 얘기를 잘 들어보시오."

이때부터 병호는 누가 들을세라 낮은 목소리로 자신이 계획한 사항을 자세하게 신관호에게 일러주었다. 그리고 끝으로 그에게 다시 한 번 확인을 했다.

"알겠소?"

"네, 대원수님!"

그로부터 채 반 시진이 되지 않아 병호는 금각만을 떠나고 있었다.

*   *   *

기선 군함 한 척에 클리퍼 범선 네 척이 이를 호위하는 가운데 병호는 망망대해의 동해의 푸른 바다를 응시하고 있었다. 병호가 비록 다섯 척만으로 조선으로 향하나 절대 위험은 없다고 생각하고 있었다.

기선 군함은 한 측면에 현창과 갑판에 각각 8문씩 16문, 양익 합하면 32문에, 함교가 있는 선수에 1문, 후미에 2문이 있어 총 35문의 대포가 장착되어 있었다. 여기에 절반의 무장을 갖춘 네 척의 기선 호위함이 따르니, 이 최신식 전력에 맞설 군함은 세상 그 어디에도 없었다.

비록 양이선일지라도 교전을 한다면 순식간에 불바다가 되어 침몰할 것은 자명한 일이었다. 이런 자부심이 있기에 단지 5척만으로 먼저 움직일 수 있는 것이다.

아무튼 병호는 삼 일의 항해 끝에 자신이 경영하는 공장이 밀집한 남동공단에 도착했지만, 그 길로 병호는 웬일인지 그 곳에 웅거한 채 사흘 동안 꼼짝을 하지 않았다. 단지 심부름을 하는 장쇠나 여타 경호병이 바삐 움직였을 뿐이었다.

그리고 사흘째 되는 날 저녁 무렵 그가 칩거하고 있는 숙소로 삼 인이 들어가는 것이 보였다. 곧 정보부장 이파와 송상의 전계대행수 공영순, 그리고 경상의 대행수 김재순이 그들이었다. 아니, 한 명이 더 있었다. 사십 대 장년인이 그자였다.

"멋지십니다. 사장님!"

"멋지다는 복장을 보라고, 대원수로 불러줬으면 좋겠어."

"네, 대원수님!"

"예상보다 늦었는데?"

제일 먼저 들어온 병호와 이파의 대화였다.

"만상과 내상은 물론 유상까지 동원령을 내렸지요, 대원수님이 지시하신 각종 옷가지는 어떻고요. 게다가 혹시 몰라 검게 계원까지 제다 동원하여 한양에 쫙 깔아놓으려니 늦을 수밖에요."

"수고했구먼."

이때 공영순을 비롯한 삼 인이 차례로 실내로 들어왔다.

"멋지십니다!"

공영순의 말에 병호가 빙긋 웃는 것으로 화답을 하는데 김재순은 함께 온 자를 소개하기 바빴다.

"차기 경상 대행수 경쾌순입니다. 이 몸이 이제 너무 늙어 후계자를 선정했고요. 금번 사장님이 지시하신 경상의 배도 여기 있는 차기 대행수가 중심이 되어 집결시켰습죠."

"하하하……! 오래간만이오. 그래도 경강 상인들에게는 상재를 인정받는 모양이오?"

"오래간만에 뵙겠습니다. 사장님!"

"둘이 아는 사이요?"

"전에 한 번 만난 일이 있습니다."

장인과의 악연으로 그를 추궁했더니 병호의 위세가 두려워 백배 사죄하고 운종가의 집을 헌납하는 바람에, 그 집을 은행 역할을 하는 조양보 건물로 아직도 유용하게 사용하고 있으니 어찌 모르랴.

아무튼 김재순의 말에 새삼 그를 바라보니 벌써 칠십이 넘어 이젠 정말 그도 많이 늙었음을 알 수 있었다.

"자, 다들 앉으시지요."

"네."

모두 자리를 잡자 병호가 말했다.

"위험한 일임에도 불구하고, 추호도 망설이지 않고 응해주신 점, 이 자릴 빌어 감사를 드립니다."

병호의 말을 받아 공영순이 말했다.

"지금까지와 같이 언제까지나 우리 송상은 사장님과 한 몸이 되어 움직일 것이옵니다."

"고맙소!"

"우리 경상도 마찬가지입니다. 밖에 나가보시면 아시겠지만 바다는 우리 경상의 배로 꼭 찼습니다. 물론 온갖 장삿배로 위장은 하고 있습니다."

김재순의 말에 병호가 점잖게 받았다.

"역시 고마운 일이오."

"자, 내 두 분, 아니, 세 분의 노고를 위로하는 뜻에서 조촐하게나마 술자리를 마련해 놨으니 함께 가실까요?"

"그래도 되는 겁니까?"

경쾌순의 겸양에 병호가 즉각 받았다.

"안 될 건 또 뭐요?"

말과 함께 병호가 자리에서 일어나니 모두 따라 일어났다. 병호가 즉시 밖으로 향하는데 이파가 바짝 옆에 따르고 있었다. 그래서 병호가 물었다.

"청나라 칙사는 아직도 있소?"

"네. 모화관(慕華館)에 머물러 있습니다."

"모화관은 무슨, 앞으로 그걸 다 때려 부수고 그 자리에 독립문을 세울 것이야."

"네……?"

조정 대신이 들으면 기절할 말을 아무렇지도 않게 말하는 병호 때문에 이파 또한 놀라 거리가 벌어졌을 때였다. 경호실장 신용석이 저 멀리서부터 빠른 걸음으로 걸어와 고했다.

"드디어 도착했습니다. 대원수님!"

"그래요? 어거 술 한잔하려고 했더니 장소를 변경해야겠군."

말을 하는 병호의 시선은 벌써 먼 곳으로 향하고 있었다.

그곳에는 어둠을 이용하여 병호가 후발대로 오라 지시한 제1, 2군단 병력 1만여 명이 수없이 몰려오고 있었다. 그런 그들을 보며 병호가 신용석에게 지시를 내렸다.

"요즘은 날씨가 좋아 밖에서 천막을 치고 자도 지장이 없을 것이오. 하니 모두 잔디 위에 여장을 풀라고 하세요."

"네, 대원수님!"

그가 물러가자 자신의 지시로 가스등마저 꺼진 대학 내 캠퍼스를 병호는 휘둘러보았다. 남동 공단 내에서 조그맣게 어학과 의과 사범학교 100명씩으로 시작한 것이, 어언 여러 과목을 두루 가르치는 대학으로 발전했으니, 병호로서는 오랜 북방 생활만큼이나 격세지감을 금할 수 없었다.

병호는 계속 들어오는 1,2군단 병력을 잠시 바라보다가 자신의 곁에 머물러 있는 사인을 데리고 다른 곳으로 향했다. 오늘이 음력 5월 6일이지만 양력으로 치면 7월 초순쯤 되는 날씨라, 병호는 잔디밭에서 이들과 삼겹살이라도 구워먹을 생각이었다.

그러나 생각보다 일찍 군인들이 몰려드는 바람에 자신들만 먹을 없어 장소를 변경하려는 것이다.

*   *   *

5월 7일 진시 정(辰時 正: 오전 8시).

병호는 전에 세곡선으로 사용하던 제법 큰 맹선에 올라 한양으로 출발하고 있었다. 그런데 문제는 이 한 척만이 움직이는 것이 아니었다.

병호가 탄 선박을 중심으로 수많은 선박들이 각종 화물을 실은 장사치의 배가 아니면, 어선 또는 빙장선으로 가장하여 따라 움직이고 있는 것이다. 이렇게 병호를 호위하는 인물들은 당연히 군인들이었고, 이들이야말로 정예 중에 정예라 할 수 있는 제1군단 소속 제1여단 장병 1,100여 명이었다.

이런 그들을 변장시키기 위한 옷가지를 가져오기 위해 이파는, 그동안 인연을 맺어온 보부상이나 검계 각 상단 등의 지원을 받아 완수하느라 지체되었던 것이다. 또 송상과 경상을 비롯한 만상과 내상 심지어 평양의 유상까지 그들이 소유한 배를 병호의 한마디에 내주어, 오늘의 경호가 이루어질 수 있었던 것이다.

아무튼 오롯이 자신의 진짜 경호대만 승선한 선박에서 병
호는 태연하게 뒷짐을 지고 전방의 부서지는 물결을 주시하고
있었다. 그런데 그의 복장이 어제와 또 달랐다. 오늘은 이파
가 한양 집에서 가져온 선비의 복장을 하고 있는 것이다. 그래
도 혹시 몰라 품에는 권총을 넣고 있었다.

　아무튼 이렇게 한강을 거슬러 올라간 배는 중간에 한 번의
검문도 없이 마포나루터에 당도했다. 그러나 이곳에서는 검문
을 당했다. 바로 이곳에서 각종 짐 등을 검사하고 세금도 먹
이는 관원에 의해서였다.

　그러나 이들마저도 이파가 건넨 뇌물에는 그마나 대충하던
짐 검사도 않고 술집으로 그대로 사라져 버렸다. 그러자 자연
스럽게 병호를 근접 경호하는 경호대는 물론 1여단 병력마저
눈치를 보아가며 은근슬쩍 뭍에 상륙해 원거리에서 병호를 호
위해 궁으로 빠르게 접근해 갔다.

　그런데 요소요소에는 창포검을 소지한 검계 계원들이 알게
모르게 삼엄하게 경계를 서며 병호를 경호하고 있었다. 이런
모습을 지켜보며 병호는 계원들의 의리에 감동도 했지만 한편
으로는 한강이 원망스럽기도 했다.

　그간 하상이 높아지는 바람에 한강은 평저선 아니면 통행
이 불가능한 강으로 바뀌었다. 아니면 이렇게 번거롭게 할 것
없이 금번에 1만여 병력을 싣고 온 1만 수군의 오십 척에 이르

는 군함으로 바로, 한양으로 들이닥쳐 한바탕 시위라도 할 셈 이었다.

그러나 이 모든 것이 불가능하니 이런 수고로움이 있는 것이고, 기왕 수고하는 김에 일정 시점까지는 자신의 야욕을 감추기 위해 이런 경호가 행해지고 있는 것이다.

아무튼 병호가 어느덧 궁궐에 들어와 조선의 법궁인 창덕궁 인정전(仁政殿) 앞마당 박석(薄石)을 깐 길을 걷고 있을 때는 그 혼자였다. 돈화문(敦化門)에서 1차 저지를 당하고, 인정문(仁政門)에서 그나마 최측근 경호원 네 명까지 저지를 당해, 지금 혼자 걷고 있지만 전혀 두렵지는 않았다.

비록 자신이 조선 조정의 말을 듣지 않고 항거한 형태로 청나라와 전쟁을 치러 승리한 지금 스스로가 당당했고, 품에는 권총 한 자루마저 있어 여차 즉하면 왕이라도 협박할 요량이기 때문이었다. 그럴 개연성은 현저히 낮지만 말이다.

아무튼 병호가 품계석을 지나며 여러 생각을 하고 있는데, 청나라 칙사 더 정확히는 흠차대신(欽差大臣)을 맞아, 법궁인 인정전에서는 주상 이하 비국당상 요인들이 모두 모여 오늘도 누군가를 기다리고 있었다.

아니, 이른 아침부터 이번 사태의 전권을 쥐고 온 흠차대신 이성원(李星沅)을 맞아 그의 짜증에 시달리고 있었다.

"며칠만, 조금만 더, 도대체 언제 온다는 것이오?"

"과인이 명을 전했을 것인즉 금명간 올 것이니, 참으신 김에 좀 더 기다려 보시지요."

"허… 거참, 하루 이틀도 아니고, 나도 이젠 지쳤소이다."

"물론 그러시겠지요."

"에이, 정말……!"

주상의 저자세에도 막말에 가까운 말을 내뱉으며 짜증을 부리는 흠차대신 이성원이었다.

그는 도광(道光) 12년(1832) 진사(進士)가 된 이래, 벼슬은 병부상서(兵部尚書), 섬서순무(陝西巡撫) 등 주로 외방의 주요 관직을 두루 거친 인물이었다. 얼마 전 양강총독(兩江總督)을 끝으로 관직에서 물러난 그를 나라의 위난을 맞아 다시 불러들일 정도로 청 황제 도광제의 신임이 두터운 자였다.

아무튼 그의 짜증을 주상 이하 여러 대신들이 속수무책으로 당하고 있는데, 밖에서 고하는 내관의 목소리가 들려왔다.

"김병호 입시옵니다. 주상 전하!"

"그래?"

용상에서 벌떡 일어난 주상이 반갑게 탑전을 내려오는데, 짜증을 부리며 기다리던 이성원 흠차대신의 표정이 당혹감으로 물들어 갔다.

금년 53세로 볼살이 통통한 그의 표정이 괴이하게 변해도, 모든 이의 시선이 정전 밖을 향하고 있어 아무도 몰랐다.

"어서 오시게!"

"그간 강녕하셨사옵니까? 전하!"

"강녕이고 뭐고 경 때문에 수십 년은 감수한 것 같으니, 어서 빨리 들어와 자초지종이나 고하시게."

"네, 전하!"

곧 정전으로 들어온 병호는 주상의 재촉에도 불구하고 김좌근을 비롯한 아는 인물들에게 고루 눈인사를 하고, 흠차대신 이성원마저 흘깃 바라본 후 천천히 부복해 경과를 아뢰었다.

"소신이 대부분을 북방에 거처하면서 근심한 것은 어떻게 하면 우리 고유의 영토인 간도를 청국으로부터 우리의 영토로 인정받느냐 하는 것이었습니다. 그 결과 소신은 이를 해결하는 가장 빠른 방법은 무력밖에 없다는 판단이 섰습니다. 해서 소신은 7년간 오로지 청국을 상대할 무력을 양성하던 중, 금번에 문제가 불거졌고, 소신이 철수를 준비하던 중 저들은 길림부도통 진염을 파견하여 당장 철수할 것을 주장했습니다. 그러나 소신은 그들의 말에 따르지 않았습니다. 그간 준비한 것이 너무 아까웠으니까요. 그 결과 조선과 청나라 군대 간에 금번 전쟁이 벌어졌습니다."

병호가 여기서 말을 끊자 주상이 다급히 물었다. 모두 궁금증으로 병호를 주시하고 있는 제 대신들을 대표해서.

"적은 자기네 나라 최고 명장이라는 승격림심을 주장으로 하여, 직례, 산해관, 만주에 주둔 중이던 일부 만주 팔기 등 총 12만 대병을 동원하여, 우리 고유의 영토인 간도로 밀려와, 소신이 거느린 4만여 조선 군대는 저들을 가차 없이 응징했사옵니다. 적의 포로로 잡은 자가 4만이옵고, 전사자 및 중상자가 5만, 나머지는 전부 도망쳐 달아났습니다. 하여 아직도 적 포로 4만여 명을 소신이 잡고 있사옵니다."

"그래? 정말 반갑고도 반가운 험, 험……!"

말을 하다 보니 벌써 반쯤은 눈이 돌아간 흠차대신 이성원이 걸려 중간에 말을 멈추는 주상이었다.

"뿐이 아니옵니다."

"또 뭐가 있어?"

기쁨에 들뜬 음성으로 순간적으로 반문하고 주상은 또다시 흠차대신의 눈치를 보았다. 그러거나 말거나 병호는 침착한 음성으로 현 실정을 그대로 고했다.

"그들을 대파한 소신은 그 길로 전군을 청나라 영토로 진격시켜 현재, 밑으로는 동간도, 중부로는 목단강, 상부로는 송화강까지 진격하여, 그 땅을 아군이 현재 점거하고 있음은 물론, 그 땅에 살고 있던 청나라 군 및 백성 30만 명을 포로로 잡고 있는 상태이옵니다. 전하!"

"하하하……! 잘했다, 잘했어! 십 년 묵은 체증이 쑥 내려간 듯 속이 다 후련하구나! 하면 이제 청나라 대군이 밀려와도 얼마든지 막아낼 수 있다는 말이지?"

"그렇사옵니다. 전하!"

"하하하! 이보오, 흠차대신! 들었지?"

비로소 의기양양하게 뻐기며 이성원을 직시하는 주상 환이었다. 이에 활활 타는 눈으로 이성원이 병호를 노려보며 물었다.

"당신 말이 정말인가?"

"어따 대고 반말이냐? 죽고 싶어?"

병호의 말에 주상 이하 제 대신들의 낯색이 하얗게 탈색되며 전전긍긍하는 가운데, 병호는 낯색 하나 변치 않고 이성원을 노려보며 일갈했다.

"이제 조선은 예전의 조선이 아니다! 당장에라도 우리 조선의 해군력까지 동원한다면, 자금성을 쑥대밭으로 만드는 것은 일도 아니야. 당신들이 수모를 당한 양이들도 우리 해군력 앞에서는 꼼짝을 못해, 알아들어?"

"믿을 수 없소!"

"못 믿겠다면 당장에라도 화력 시범을 보여줄 수도 있다."

"그 배가 어디 있는가?"

'아차!'

너무 흥분한 나머지 뱉지 말아야 할 말까지 뱉은 병호가 얼른 주상에게 둘러대었다.

"해삼위에 가면 당장에라도 보일 수 있사옵니다. 전하!"

"그렇대. 들었소?"

이 말을 뱉어놓고는 자신이 너무 경망스럽게 노는 것을 인지했는지, 주상의 표정이 갑자기 진중해졌다.

"그럴 시간이 없소. 본 흠차대신이 여기서 지체한 날이 얼마인지 아오?"

흠차대신 이성원 말에 병호가 느긋한 표정으로 웃음기마저 담고 말했다.

"빨리 해결을 보는 것도 좋겠지. 아국의 조건을 말하겠소."

『조선의 봄』 5권에 계속…